L'inhumaine nuit des nuits

Mikaël Ollivier

L'inhumaine nuit des nuits

ROMAN

Albin Michel

COLLECTION « SPÉCIAL SUSPENSE »

Le soleil des champs croupit
Le soleil des bois s'endort
Le ciel vivant disparaît
Et le soir pèse partout

Les oiseaux n'ont qu'une route
Toute d'immobilité
Entre quelques branches nues
Où vers la fin de la nuit
Viendra la nuit de la fin
L'inhumaine nuit des nuits

Sans toi, Paul Eluard

« At night sometimes it seemed
You could hear the whole damn city crying. »

Backstreets, Bruce Springsteen

I
Nina

1

Je n'ai jamais aimé la nuit.

Ma mère se souvient et parle souvent de mes crises d'angoisse nocturnes, quand j'étais bébé. Je pleurais pendant quatre ou cinq heures, chaque soir, à la tombée du jour. Rien ne pouvait me consoler, même pas son sein. Sur les conseils du pédiatre, elle me laissait dans ma chambre pour que j'évacue « le stress de ma journée », comme disait cet imbécile. Et je hurlais dans le noir, jusqu'à 23 h 30, instant précis de la mort accidentelle de mon père, deux semaines après ma naissance. Encore aujourd'hui, même si je n'en ai aucun souvenir, m'imaginer pleurant ainsi dans le néant me serre le cœur.

Plus tard, à l'adolescence, je ne sortais pas avec les copains. Ou alors le jour, pour un ciné, pour aller prendre un verre. Mais quand le soir venait, je préférais rentrer à la maison, quitte à regarder la télévision avec maman, ce qui n'était pourtant pas une partie de plaisir étant donné son goût immodéré pour les talk-shows racoleurs et les émissions de variétés.

C'est sans doute pourquoi je n'ai pas fait l'amour avant l'âge de vingt ans. Michel Drucker, le samedi soir, n'aide pas au dépucelage. Ma première amante s'appelait Isabelle, et elle m'a chevauché en plein champ, à 14 heures, un lundi, sous un soleil brûlant. Au moment de jouir, elle s'est mise à hurler : « Pierre... Oh, Pierre... Oui Pierre... Oh ouiiii... »

Je m'appelle Luc. J'étais très amoureux, et en même temps qu'elle a fait de moi un homme, Isabelle m'a brisé le cœur.

Un jour, il n'y a pas si longtemps de ça, j'ai compris que la nuit n'existait pas. Elle n'est pas comme le vent, la pluie, le feu... Elle n'est pas un élément, seulement une conséquence. Elle n'est qu'une ombre, celle de la Terre quand elle tourne le dos au soleil. Mais cette ombre, en révélant les étoiles, me met face à mon insignifiance. Je suis perdu dans l'infini, et seul le retour du soleil, en redonnant corps à l'atmosphère, referme le monde et m'apaise.

Pour une fois, ce soir-là, j'avais accepté de sortir. J'aime bien Marc et Liliane, les seuls amis que je me sois faits au boulot depuis quatre ans que je vis à Toulouse. J'aime mon métier, mais je déteste le milieu enseignant. J'aime mon métier pour les gosses, surtout ceux à qui j'essaye d'apprendre à lire et à écrire. Car ma « mission » se résume à ça, au Mirail, collège de Reynerie. Le français y redevient basique, vital, essentiel. Quand j'étais petit, je voulais devenir pompier, docteur ou même curé, à une époque. Que des vocations, des dévotions. Finalement, je suis prof en Z.E.P. Pas si éloigné que ça.

Mes quelques amis toulousains, je les ai rencontrés où j'habite, le quartier des Chalets, au marché Saint-Aubin aussi, que j'aime fréquenter le dimanche matin, entre les rayons de la librairie Ombres Blanches, ou dans le métro. Ce sont des enseignants pour la plupart, mais en université. Rien à voir avec les profs de collège. Après toutes ces années, je suis encore frappé de constater à quel point la majorité des enseignants d'élémentaire et de secondaire le sont devenus par peur. Crainte du monde, de la vie, des autres. Durant leur enfance, ils se sont plu à l'école, alors ils ne veulent pas la quitter. Ils en connaissent les règles, ils en maîtrisent l'espace. L'école est un monde à leur dimension, domestiqué, alors que l'extérieur est trop grand, trop sauvage. Souvent, je me demande si je ne suis pas l'un d'eux, si ma prétendue vocation n'est pas qu'un camouflage. Moi qui ai si peur de la nuit.

Marc et Liliane, eux, j'en suis sûr, ne sont pas de cette veine. Ils adorent ce qu'ils font, et le font par passion. Liliane est prof de maths. Je déteste les maths, mais j'adore Liliane. Marc est documentaliste. Un fou de livres qui n'a qu'une obsession : faire partager sa passion aux ados. Lui aussi devait rêver d'être pompier quand il était gosse.

Ce soir-là, donc, j'ai dîné dans la jolie petite maison qu'ils s'étaient achetée six mois plus tôt, à une quinzaine de kilomètres de Toulouse. Il y avait quelques amis communs qui enseignent la socio au Mirail. Samira était là aussi, avec qui je couche de temps en temps. Nous ne sommes pas du tout amoureux, mais nous nous entendons bien sexuellement. Nous ne dormons jamais l'un chez l'autre et nous séparons très bons amis après l'amour.

Je suis reparti seul de chez Marc et Liliane. Le premier, comme toujours. Quand mes yeux sont tombés sur ma montre et que j'ai vu qu'il était 1 heure du matin, j'ai senti monter en moi cette angoisse si familière de la nuit. Où que je sois, excepté chez moi, je ne me sens plus à ma place une fois le soleil couché. Je n'ai jamais compris pourquoi, mais il y a une grande part de culpabilité dans ce que je ressens à ces moments-là. J'ai pris congé et suis monté dans ma voiture à 1 h 15.

La nuit était limpide, très étoilée. Beaucoup trop pour moi. De ces nuits qui me rendent si petit. J'étais soudain très pressé de rentrer et je roulais trop vite.

Elle est sortie de nulle part, d'un coup, comme une apparition. J'ai pilé, tout le poids de mon corps sur la pédale de freins. J'ai vraiment eu l'impression d'un animal sauvage aveuglé par la lumière des phares. Mon pare-chocs s'est immobilisé à quelques centimètres de ses jambes blanches et nues, et ma poitrine m'élançait si fort que j'ai eu peur, un quart de seconde, de retrouver mon cœur palpitant sur le tableau de bord.

J'ai croisé furtivement son regard. Elle ne devait pas me voir, dans le noir de l'habitacle, et ses yeux étaient perdus. Dans ma peur, dans ma stupeur, j'ai eu le temps de me dire que cette jeune femme était très belle, puis, au même instant, qu'elle était terrorisée et que je devais l'aider.

J'ai pris une bonne inspiration pour tenter de retrouver un peu de calme et suis sorti de la voiture. Il faisait froid et elle ne portait presque rien. Une robe courte, très sexy, beaucoup trop pour ce plein hiver. J'ai enlevé mon blouson et me suis approché doucement. J'avais l'impression d'être un dompteur et que le moindre geste brusque l'aurait fait bondir hors de la route et disparaître dans les bois.

— Ça va ? j'ai demandé en m'approchant lentement.

Elle m'a regardé bizarrement, comme si elle ne comprenait pas ce que je disais.

— Vous allez bien ?

Elle tremblait. Pas que de froid. Je me suis approché et lui ai posé mon blouson sur les épaules, emprisonnant le bas de ses cheveux mi-longs. Elle a aussitôt fondu en larmes. Après quelques secondes d'hésitation, je l'ai serrée dans mes bras, très embarrassé. Elle pleurait comme une enfant égarée. Inconsolable.

Transi de froid sans mon blouson, je l'ai lentement guidée vers le côté passager de ma voiture.

Une fois assis à ses côtés, j'ai remis le contact et le chauffage à fond. Je me suis tourné vers elle et j'ai vu qu'elle serrait un téléphone portable dans sa main. En remontant vers son visage, mon regard a deviné au passage, malgré la pénombre, une vilaine marque autour de son cou. Un large hématome. Puis nous nous sommes regardés en face pendant un court moment. Elle avait des yeux très clairs, perçants, terribles. Je pouvais y lire une peur infinie autant qu'une menace redoutable. Tel un flash, le cœur piquant un sprint, j'ai eu la prémonition d'un grand bouleversement. Quelque chose était né en moi à cet instant précis, qui ne devait plus jamais me quitter.

J'ai détourné les yeux le premier, comme à bout de forces.

— Bon, j'ai commencé d'une voix mal assurée, je vais vous ramener chez vous ! Vous me guidez ?... Comment vous appelez-vous, au fait ? Moi, c'est Luc.

Elle m'a regardé en fronçant les sourcils. J'ai répété :

— Votre nom ? Quel est votre nom ?

J'ai enfin entendu le son de sa voix, teintée de ce fort accent étranger, roulant et ascendant que, depuis, j'ai appris à aimer :

— Je ne sais pas.

2

DEPUIS bientôt trois ans, le lieutenant Guy Cassagne avait appris à redouter la nuit.

Pas à cause de son travail au SRPJ, de ce que les nuits toulousaines recelaient de vermine, de dealers, d'indics, de macs ni même d'assassins en puissance, mais à cause de Louis, l'amour de sa vie.

Guy avait épousé Agnès Savouré six ans plus tôt. De cette union était né un petit garçon, et avec lui, pour son père, la révélation qu'il était capable d'amour. Puis celle que cet amour avait un prix, celui de la perte de la tranquillité de l'esprit, de l'insouciance, et surtout du sommeil.

Louis était un petit garçon très vif, très mignon, mais très nerveux. Depuis trois ans, il réveillait ses parents cinq fois par nuit au minimum, parfois plus de dix. Homéopathie, ostéopathie, pédopsy, rien n'y faisait ; Guy se couchait chaque soir le cœur serré et se réveillait le matin la tête transpercée de migraines.

Le premier cauchemar de Louis se déclarait invariablement à 23 h 30, heure à laquelle il était né. Agnès et Guy avaient appris à attendre que ce premier écueil soit passé pour se mettre eux-mêmes au lit. Mais toujours, dix minutes après que Guy s'était abandonné au sommeil, une deuxième crise de pleurs le rappelait douloureusement à la réalité, déclenchait dans sa poitrine une crise de tachycardie, lui plantait une vrille dans le haut de la nuque et le guidait, au radar, jusqu'à la chambre de son fils.

Selon son humeur, la journée qu'il avait passée au commissariat, l'avancée ou l'enlisement des affaires en cours, il consolait le petit de mots doux murmurés à l'oreille ou le grondait vertement. Il avait tout essayé, en vain. Les menaces, la patience, la douceur, la crise de nerfs... Louis se calmait vite quand il sentait la présence de son père ou de sa mère, mais recommençait également très rapidement à gémir, pleurer ou appeler. Et le petit trois-pièces des Cassagne était chaque nuit plusieurs fois traversé de cris et de pleurs, de menaces et de mots de consolation. Parfois aussi de coups frappés contre les murs par les voisins.

Agnès et Guy étaient fatigués depuis trois ans. Épuisés, profondément, intensément. Tous les matins, pour entamer leur petit déjeuner, ils se servaient chacun deux cachets d'Efferalgan vitaminé.

Cette nuit-là n'avait été ni pire ni meilleure qu'une autre. Guy s'était levé quatre fois, Agnès, deux. Louis s'était calmé vers 3 heures du matin et les Cassagne avaient dormi ensuite sans interruption.

C'est à 4 h 35 que le portable de Guy se mit à sonner.

— C'est ton tour, cette fois, marmonna le lieutenant sans même lever les yeux.

— C'est ton portable, Guy ! lui répliqua son épouse d'une voix brumeuse.

— Pourquoi *mon* portable ? C'est *ton* fils, aussi !

— Ce n'est pas Louis, c'est ton portable qui sonne...

Guy ouvrit enfin les yeux et comprit pourquoi Louis

avait une voix si étrange, stridente et répétitive. Il se leva d'un bond et courut dans le noir jusqu'au salon de peur que le téléphone ne réveille son fils. Au moment de décrocher, il se cogna violemment le petit doigt de pied gauche dans un camion de pompier miniature dont la sirène se mit aussitôt en route.

— Putain de merde ! lâcha-t-il entre ses dents, la douleur irradiant dans tout son pied.

— Moi aussi, je suis contente de t'entendre, lui répondit Alexandra à l'autre bout du fil.

— Alex ? T'as vu l'heure qu'il est ?

— Oui. Dix minutes de plus que quand on m'a moi-même tirée du lit.

— Bon Dieu ! grogna Guy en trouvant enfin comment arrêter l'épouvantable vacarme du jouet de son fils. Ça fait même pas deux heures que je dors. J'espère que tu as une bonne raison de...

— Bono ! l'interrompit Alexandra de la voix qu'elle réservait aux choses sérieuses. On en a trouvé d'autres.

Guy sut tout de suite de quoi il s'agissait et son cerveau fut instantanément assailli de visions atroces.

— D'autres ? Combien ?

— J'en sais rien, mais plusieurs.

— Où ça ?

— Aéroconstellation.

— Putain ! souffla Guy en réfléchissant le plus vite que sa migraine le lui permettait.

De nouveaux cadavres à ajouter aux trois premières découvertes. Encore sur un chantier. Celui, énorme, de l'usine de l'A380. Le chantier le plus médiatique de toute l'histoire de la ville.

— T'es où, là ? demanda-t-il à sa partenaire.

— Chez moi. Je me rends sur place immédiatement.

— Qui les a trouvés ?

18

— Des ouvriers. Ils bossent nuit et jour, en ce moment.

— Je vais prévenir Écully.

— Torres l'a déjà fait.

— Quoi !

— Oui, big boss en personne. C'est lui qui a été réveillé en premier.

— Et pourquoi il nous a pas appelés tout de suite ?

— Sans doute pour nous laisser dormir !

Le ton d'Alexandra était ironique, mais Guy qui, lui, avait de très bons rapports avec son supérieur, croyait le commissaire Torres tout à fait capable d'une telle délicatesse. Il raccrocha et fila dans la cuisine pour jeter deux cachets d'Efferalgan dans un verre d'eau. Au même moment, il entendit pleurer Louis. Tout en enfilant un pantalon, il se dirigea vers la chambre de son fils et, sans bruit, s'agenouilla près du lit.

Louis, en nage, gémissait dans son sommeil. Guy déposa un baiser sur sa joue chaude, puis se mit à lui murmurer à l'oreille :

— Tout va bien. Papa est là. Tout doux, mon cœur Tu es dans ta chambre, papa est là, maman est là... Tout va bien, mon amour...

Les lèvres du petit cessèrent enfin de trembler, ses paupières de s'agiter, et il glissa son pouce dans sa bouche en s'arrangeant pour se blottir contre son père. Lentement, Guy se redressa un peu et regarda son fils, ses traits miniatures caressés par la lumière orangée de la veilleuse. Parcouru d'un frisson, il s'efforça de chasser les images que la conversation téléphonique avait glissées entre lui et sa vie, et ne put se retenir d'embrasser de nouveau la joue de Louis, tout en se disant que cette fois, le « tueur des chantiers », comme Alex l'avait baptisé, n'était plus une simple hypothèse de travail.

3

Pour Sammy, la nuit avait toujours été un asile.

Très jeune, il avait compris qu'il n'était pas comme les autres. Ses parents étaient des gens normaux, son grand frère aussi. Honnêtes, droits, simples... Lui s'était toujours senti pervers, tortueux, tout en courbes mentales, en détours, en chemins creux.

Il n'avait jamais aimé les bêtes ; avait toujours jalousé son frère ; avait adoré faire pleurer les filles dès la maternelle ; s'était senti soulagé, à l'âge de huit ans, par la distraction à son ennui qu'avait apportée la mort de son grand-père ; avait tué le lapin nain de son frère à coups de compas parce que l'animal avait rongé la couverture de son cahier de textes ; avait commencé à fumer à l'âge de neuf ans, et à voler, par jeu, dès son dixième anniversaire ; avait incendié la salle d'étude de son école après avoir reçu une punition pour une fois imméritée ; s'était toujours frénétiquement masturbé, parfois en enfilant les vêtements de sa mère ; avait souvent souhaité sincèrement la mort de son père ; n'avait jamais cessé de mentir ; avait toujours eu peur des coups et pour cela s'était arrangé pour devenir l'ami des plus forts même s'il les détestait ; ne supportait pas qu'on lui manifeste de l'affection ; n'aimait rien d'autre que l'argent sale ; ne savait qu'être brutal au lit ; jurait comme un charretier ; avait baisé une fois, par haine, la femme de son frère ; n'était pas fidèle en amitié ; s'était enfui en exultant, à dix-neuf ans, quand sa voiture avait accidentellement heurté une vieille femme sur un passage clouté.

À ses propres yeux, sa seule qualité était de se voir tel qu'il était : lâche, caractériel, malhonnête et vicieux. Parfois, il se disait qu'il avait de la chance d'être lui-même, car ainsi, il ne risquait pas de se rencontrer au coin d'une rue.

Cette nuit-là, il fêtait ses vingt-huit ans. Il ne les fêtait pas, d'ailleurs, car il détestait tout ce qui pouvait ressembler de près ou de loin à une fête ; tout ce qui pouvait justifier la réunion joyeuse de plus de deux personnes lui donnait la nausée. Il détestait les souvenirs partagés, la nostalgie, l'émotion, la solidarité, la fraternité. Pour ses vingt-huit ans, il se contentait de boire un verre avec Kamel, son homme de main, à sa table habituelle de *La Flammèche*, un des bars de Toulouse ouvert jour et nuit.

Kamel était en train de parler des filles, des nuits glacées, des condés, mais Sammy ne l'écoutait pas, las de tout comme il l'était depuis quelque temps. Curieusement, il se remémorait le jour de ses seize ans, quand il avait décidé de devenir officiellement mauvais, de cacher sa lâcheté, sa peur de tout, derrière de la violence et de l'agressivité. Quand il avait décidé de devenir dangereux, d'être craint des autres plutôt que de les craindre. Souvent, il se demandait si, finalement, cette attitude n'était pas une forme de courage.

Comme d'avoir décidé de vivre la nuit.

Son portable se mit à sonner. Sammy sentit son

21

rythme cardiaque s'accélérer quand il déchiffra le numéro qui s'affichait sur l'écran. Des ennuis s'annonçaient. Sans doute de graves ennuis. Toujours quand ce numéro s'inscrivait sur son portable, et cette fois certainement plus que d'habitude, étant donné l'affaire qu'il avait conclue avec ce correspondant.

Il se leva, fit signe à Kamel de ne pas bouger et traversa le bar pour sortir répondre.

— Oui ?

— Elle m'a échappé, lui dit une voix d'homme.

Un bloc de glace se forma instantanément dans l'estomac de Sammy.

— Quoi ?

— Elle m'a échappé. Je ne sais pas où elle est passée.

— Oh putain ! C'est pas vrai !

— Il faut la retrouver.

— Mais bon Dieu, comment vous avez fait pour...

— Peu importe. Elle a vu mon visage, poursuivit l'homme, elle sait où j'habite.

— Dommage pour vous.

— Dommage pour *nous* !

— Moi, je vous ai livré la marchandise, point barre.

— Ça ne peut pas être aussi simple, vous le savez très bien.

Par réflexe, Sammy regarda sa montre. Il était 1 h 45 du matin.

— Vous devez la retrouver très vite. De toute façon, vous n'aurez pas le reste de l'argent avant que vous me prouviez qu'elle est sous contrôle.

— Ce serait une grave erreur de ne pas payer.

— C'est une menace ?

— Oui. Et je vous conseille de la prendre très au sérieux. L'argent est votre seule protection, alors, ne déconnez pas avec ça...

L'homme hésita un moment à l'autre bout du fil et reprit d'une voix sensiblement radoucie :

— Écoutez, voilà ce qu'on va faire. Je fais le virement comme prévu et, de votre côté, vous ne dites rien jusqu'à ce que vous ayez remis la main sur la fille.

— C'est impossible.

— Je double la mise. Tout pour vous.

— Non. Je me fous de votre pognon. Je ne veux plus rien avoir à faire avec vous.

— Je triple la somme.

Sammy hésita à répondre et sut immédiatement qu'il était en train de céder. Il sut également, au même moment, qu'il faisait une terrible erreur.

4

J'AI mis quelques secondes à bien saisir le sens de ses paroles.

« Je ne sais pas », avec son si fort accent, pouvait passer pour une maladresse linguistique, une expression détournée de son sens réel par une mauvaise maîtrise de la langue. Mais, rapportée à ma question, « Comment vous appelez-vous ? », elle induisait rapidement l'idée d'amnésie.

De cette dernière, je ne connaissais que ce que le cinéma et la littérature m'avaient appris. Pour moi, c'était juste un bon filon pour romanciers de gare. Le type qui ne sait plus qui il est et qui, traqué par des hommes en noir, se découvre lié à un complot international dont il ignore tout. Moi-même, par le passé, quand je me berçais encore de l'illusion qu'outre apprendre le français à des ados rétifs j'écrirais peut-être un jour des histoires, j'avais eu une idée d'intrigue autour de l'amnésie. C'était par ce biais que je rêvais de résoudre le mystère de Jack l'Éventreur : personne ne connaît sa véritable identité parce que lui-même, à la suite d'un accident consécutif à son dernier meurtre, aurait perdu la mémoire et se serait évanoui dans la nature sans même savoir qu'il avait pour violon d'Ingres l'éviscération de prostituées. J'aimais bien l'idée de ce monstre qui s'ignore, comme une bombe à retardement lâchée en pleine rue. Tout cela pour dire que je ne connaissais rien à l'amnésie et que je n'ai pas tout de suite pris au sérieux la réponse de ma belle inconnue.

Déjà, au loin, la nuit se teintait du vélum orangé de la banlieue de Toulouse. Je roulais, curieusement fébrile. La présence de cette femme à mes côtés me procurait un mélange étonnant d'exaltation et de peur. Le silence qui régnait dans la voiture commençait à me peser, mais je ne trouvais rien à dire. J'hésitais même à tourner la tête vers ma passagère. J'osais parfois un rapide regard en coin et captais fugitivement la nudité de ses cuisses ou celle de sa main crispée sur son téléphone portable. Enfin, après quelques kilomètres, n'y tenant plus, j'ai tenté une réplique :

— L'hiver est froid, cette année...

Aussitôt alarmé par la pertinence de cette phrase, je l'ai soulignée d'un sourire forcé et j'ai tourné la tête sur ma droite. Elle me fixait, sans doute depuis un moment, le regard pénétrant. Mon rythme cardiaque a aussitôt repris son ascension.

— Moi c'est Luc, ai-je ajouté d'une voix mal assurée.

— *Look* ?

Elle disait Luc comme les Anglais disent *regard*.

— Non, Luc.

— *Look*, a-t-elle répété sur le ton de l'évidence.

— Luc, avec un *u*.

— Avec un *ou*, oui, j'ai compris.

J'avais perçu une pointe évidente d'agacement dans sa réponse, comme si ma stupide insistance à vouloir corriger sa prononciation était un affront. J'étais nul en langues étrangères, mais, à l'oreille, il était évident que mon papillon de nuit venait des pays de l'Est. De toute façon, elle était trop belle pour être française. Trop blonde, trop grande, trop lisse.

Nous touchions enfin à la ville et je commençais vraiment à me demander ce que j'allais faire d'elle.

— Vous avez une idée d'où vous voulez aller ?

Elle ne m'a pas répondu et j'ai poursuivi dans cette voie :

— Vous habitez Toulouse ?

— Toulouse ?

L'idée saugrenue qu'elle jouait la comédie m'a traversé l'esprit à ce moment précis. Je dis saugrenue avec le recul, mais sur le moment, après tout, je ne savais absolument rien d'elle ! Et rien de ma confortable routine de fonctionnaire toulousain ne m'avait préparé à l'irruption spectaculaire d'une beauté russe dans ma vie. Sans doute à cause de sa manière si directe de me regarder, comme si elle m'avait déjà vu et qu'elle cherchait à se rappeler mon prénom, parce qu'il faisait nuit et que j'étais impatient de me retrouver entre les murs de mon appartement de la rue de Queven, je n'ai pu m'empêcher de voir une menace dans son regard perçant. J'ai soudain pensé à des faits divers, au risque de prendre à son bord des auto-stoppeurs, à ma récente et coupable habitude de verrouiller de l'intérieur les portières de ma voiture quand je roulais la nuit.

J'ai jeté un rapide coup d'œil vers l'étrangère et j'ai vu à la lumière orangée qui transpirait dans l'habitacle de ma voiture qu'elle tremblait encore un peu.

— Il faudrait peut-être voir un docteur ?

Comme elle ne me répondait pas, j'ai aussitôt mis le cap sur l'hôpital le plus proche.

Cinq minutes plus tard, j'étais garé devant la porte des urgences avec la ferme intention de confier ma passagère à un toubib et de rentrer me coucher, l'esprit réchauffé par une douce sensation de devoir accompli. J'ai sonné, glissant un sourire rassurant à l'inconnue qui était restée à l'intérieur de la voiture, toujours vêtue de mon blouson alors que je me gelais dehors.

L'attente a été courte, et un jeune homme portant une blouse blanche m'a rapidement rejoint près de la voiture. Il n'a pas eu le temps de dire deux mots qu'il s'est pris la portière de ma voiture dans le bas-ventre et, subjugué, j'ai vu ma passagère partir en courant au hasard de la rue.

Le jeune médecin de garde était plié en deux, une main entre les cuisses, et j'ai hésité un instant sur la marche à suivre. J'aurais pu, à cet instant, aider la blouse blanche à se relever et oublier la jeune femme pour le restant de mes jours. J'aurais pu... Mais je venais de voir pour la première fois qu'elle était pieds nus. Or une femme qui sort d'un bois, en pleine nuit et pieds nus, est une femme en danger.

J'aurais vraiment dû écouter mes rêves d'enfant et devenir pompier.

5

AÉROCONSTELLATION.
Deux cent cinquante hectares à Blagnac au cœur desquels se trouvent *Star*, le projet industriel d'Airbus développé pour l'assemblage des nouveaux paquebots du ciel, les A380.

Guy Cassagne avait faim quand il arriva sur place. Il était trop tôt pour qu'il ait pu passer aux Halles, chez Garcia, acheter comme il le faisait souvent le matin quelques tranches de Bellota, ce jambon si savoureux qu'il lui arrivait d'en rêver la nuit. Et le gigantisme des huit mille tonnes de la charpente métallique de la future usine ne le détourna même pas des plaintes de son estomac. Une fois sa voiture rangée, le lieutenant, saisi par le froid, se dirigea d'un pas vif vers l'attroupement familier qui lui indiquait l'emplacement des nouvelles découvertes. Gyrophares, ruban de sécurité, voitures de gendarmes, silhouettes affairées dans la nuit... Guy, au début de sa carrière, avait adoré l'ambiance électrique qui entourait les lieux du crime. Bien plus qu'aider la veuve et l'orphelin, la peur de l'ennui était le fondement de sa vocation d'enquêteur. Il redoutait alors l'ordinaire, la routine, la vie comme il l'avait lue si souvent dans les regards éteints de ses concitoyens. Or, depuis quel-

28

que temps, à Toulouse, le lieutenant Cassagne n'avait plus rien à craindre de ce côté-là. Il en arrivait même maintenant, à quarante et un ans, à rêver d'un ordinaire ne passant plus par le prisme de son travail, d'un quotidien sans le voile que le côtoiement quasi routinier de la violence et de la mort jette sur tout. Guy rêvait souvent de la vie normale qu'il redoutait tant par le passé.

Alexandra fit quelques pas vers lui. Engoncée dans son blouson de motard, elle ressemblait à un bernard-l'ermite.

— Ça donne quoi ? lui demanda Guy.

— Difficile à dire avant d'avoir fouillé tout le secteur. Torres a fait boucler la zone jusqu'à l'arrivée d'Écully.

— Il est où ?

— Torres ? Reparti se coucher.

— Merde...

Comme chaque fois qu'elle mentait à Guy ou qu'elle le manipulait, Alexandra sentit son rythme cardiaque s'accélérer légèrement. Ce matin-là, elle ne l'avait prévenu de la découverte des corps qu'une fois arrivée à Blagnac, pour être sûre qu'il manquerait Torres. Et comme elle l'avait prévu, le commissaire était reparti en maugréant que lui, quand il n'était que lieutenant, était toujours sur place avant ses supérieurs.

— Tiens, c'est pour toi !

Alexandra tendit à Guy un petit sac en papier contenant une quinzaine de chouquettes, ne sachant plus depuis longtemps si elle agissait ainsi pour s'attirer ses faveurs ou par culpabilité.

— Elles sont d'hier, mais je me suis dit qu'il valait mieux pas voir ça le ventre vide.

— T'es une mère pour moi, lui dit le lieutenant en plongeant aussitôt la main dans le sachet.

Depuis quatre ans qu'ils travaillaient ensemble, Alexandra Legardinier avait effectivement su s'attirer l'amitié de Guy Cassagne. Bono, comme tout le monde le surnommait au commissariat à cause de sa passion pour le groupe U2 et pour le rock anglo-saxon en général.

Il avait ce qu'on appelle communément un physique difficile, mais qui, avec l'habitude, devenait captivant pour la plupart des femmes. Alexandra n'était pas de celles-là. Elle détestait son visage anguleux, trouvait repoussant son nez busqué à quatre-vingt-dix degrés, ses joues creuses et son menton interminable. Elle haïssait tout particulièrement ses bras secs aux muscles traversés de veines saillantes. Elle qui était petite, grosse et toujours entre deux régimes, trouvait formidablement injuste que l'on puisse être aussi maigre en mangeant autant. Car Guy avait toujours la bouche pleine. Véritable passionné de cuisine, lui-même assez doué en la matière, il engloutissait des quantités impressionnantes de nourriture, ce qui ne l'empêchait pas d'être un fin gourmet. Un gourmet gourmand. La première fois qu'elle avait déjeuné avec lui, le jour de son arrivée au SRPJ de Toulouse, elle avait été fascinée par la concentration subite qui avait tendu les traits de son nouveau supérieur à l'apparition du premier plat. Une collègue avec qui ils déjeunaient souvent avait un jour confié à Alexandra qu'à le voir manger avec tant d'application et de passion, elle pensait que Guy devait être un formidable amant. Mais même si elle n'avait pas pris, à l'âge de dix-neuf ans, la décision irrévocable que plus un homme ne la toucherait de sa vie, Alexandra n'aurait pas eu l'occasion de vérifier cette supposition, comme elle l'avait compris la première fois qu'elle avait vu Guy en famille, son fils nouveau-né sur les genoux. Il était fou de Louis, beaucoup plus que de sa mère, d'ailleurs.

Mais tous trois formaient une si jolie famille qu'Alexandra, jalouse comme elle ne pouvait pas s'empêcher de l'être de tout ce qu'elle ne possédait pas, en avait eu la nausée.

Au visage blême d'Hugo, la jeune et brillante nouvelle recrue de l'Identité judiciaire, le lieutenant comprit qu'il tenait quelque chose et que l'affaire officieusement dite du « tueur des chantiers » allait vraiment progresser.

Enfin ! pensa-t-il en serrant les dents, tant les mois passés et leur collection d'investigations inabouties avaient été frustrants.

Quelques heures plus tôt, sa propre inspection des lieux en compagnie d'Alexandra ne lui avait pas appris grand-chose. Et, après avoir interrogé les ouvriers et exploré la fosse en prenant soin de ne pas la « contaminer », il avait attendu l'équipe de Lyon qui était arrivée un peu avant 9 heures, le jour à peine levé.

Guy aimait beaucoup Hugo, qui était, à sa connaissance, le seul technicien d'Écully, cette banlieue lyonnaise où siégeait la Police scientifique depuis 1996, à ne pas supporter la vue du sang. Un jour qu'il avait dû s'éloigner d'un cadavre particulièrement mûr pour vomir, Guy lui avait demandé la raison de son engagement dans cette carrière. Le jeune homme, un peu gêné, avait alors expliqué que ses parents tenaient une petite entreprise familiale de pompes funèbres dans le Vaucluse et, qu'étant bon en science, il avait réalisé leur rêve en devenant pour eux ce qu'un enfant pilote de Formule 1 serait pour des parents tenant une compagnie rurale de taxis.

— Salut ! lui lança Guy. On ne se quitte plus, en ce moment !

— Bonjour, lieutenant. Pour l'instant, on a trouvé deux autres kits.

— Kits ?...

— Une tête, des mains et des pieds. Un kit, quoi !

Guy sourit, touché par les efforts d'Hugo pour s'endurcir et adopter l'humour noir de ses collègues plus chevronnés. Il avait autant espéré que redouté cette nouvelle. Si elle avait des chances de faire avancer l'enquête, elle allait aussi renouveler les cauchemars qui émaillaient ses nuits.

— Combien tu dis qu'il y a de... groupes de... ? demanda-t-il au jeune homme.

— Trois, dans trois trous différents, sur un secteur d'une cinquantaine de mètres.

Le lieutenant rapprocha aussitôt ces informations des précédentes découvertes de restes humains dans la région. Il se doutait que les probabilités de reconstituer l'ensemble des corps étaient minces. L'important à présent était d'établir ou non un lien solide entre tous ces cadavres, et donc de confirmer ou d'infirmer la théorie de la série de meurtres.

— Ils sont là depuis longtemps ?

— Oui, mais ils n'ont pas tous été enterrés en même temps.

— Tu penses que...

— Trop tôt pour me prononcer. Comme ça, à vue de nez, c'est possible que les têtes correspondent aux corps déjà trouvés. Mais on n'en sait rien. Ce qui est sûr pour l'instant, c'est que les mutilations sont similaires.

Enfin, quand l'équipe de l'Identité judiciaire le lui permit, le lieutenant s'avança vers les trois trous fraîchement creusés dans la terre.

Dans le premier, il ne vit qu'un crâne, ses larges orbites emplies de terre fixant le ciel. Il prit une longue inspiration et se dirigea à contrecœur vers la deuxième fosse dans laquelle se trouvait une tête sous des os parfaitement nettoyés, certainement des pieds et des mains jetés en vrac. Le dernier trou offrait la vision la plus effrayante : les restes épars du squelette étaient partiellement recouverts d'une peau charbonneuse et sur le crâne adhéraient encore quelques longs cheveux blancs qui se révéleraient sans doute blonds sous un meilleur éclairage.

Alexandra avait rejoint Guy sans qu'il s'en soit aperçu.

— Tu penses qu'ils sont liés aux autres ?

Il sursauta. Comme les fois précédentes, la vision de ces ossements l'avait plongé dans une fébrile méditation. Si la mort, la violence, le sang faisaient partie de son quotidien de lieutenant de police, quelque chose le bouleversait profondément, intimement, dans ces découvertes macabres à répétition, telle l'intuition du martyre qui avait mené jusque-là ces êtres humains. Alors qu'il avait toujours espéré parvenir à s'endurcir avec l'âge, Guy, bien au contraire, parvenait chaque fois un peu moins à rester en surface et à occulter la souffrance qui se cachait derrière les faits.

— C'est évident, répondit-il enfin. Il ne manquerait plus qu'on ait deux séries de meurtres au même moment dans la même ville... Avec Alègre en plus, Toulouse finirait dans *Le Livre des records* !

Il concentra son regard sur le dernier crâne et ajouta :

— On dirait bien que c'est une femme, non ?

— Difficile d'être sûr, poursuivit l'agent en grimaçant. Mais ouais, je pense. Surtout à cause des pieds et des mains... Mais ça pourrait aussi être un jeune garçon.

— Hugo nous dira ça plus tard, déclara Guy en s'écartant brusquement.

— Oui, confirma Alexandra en lui emboîtant le

pas. On en a assez vu pour aujourd'hui. Si tu veux, je t'offre un petit déj'. Les chouquettes sont déjà loin !

Guy acquiesça. À l'inverse de nombre de ses collègues qui ne pouvaient plus rien avaler après une scène de crime trop rude, il savait que seul un bon repas le remettrait d'aplomb.

6

Quand le soleil pointa enfin le bout de son nez frileux, Sammy se sentait mieux.

Après des heures d'abattement stérile, la colère l'avait un peu soulagé. En laissant éclater sa rage, il avait retrouvé goût à la vie et s'apprêtait à rentrer chez lui pour se coucher.

Quelques heures plus tôt, une fois son portable raccroché, il était resté sur le trottoir avant de rentrer dans *La Flammèche* d'où, toujours assis à leur table habituelle, au fond de l'établissement, le gros Kamel le regardait avec des yeux ronds et stupides. Sammy avait senti un frisson d'exaspération lui parcourir la colonne vertébrale et s'était dit qu'il allait devoir rapidement trouver un souffre-douleur s'il voulait parvenir à retrouver son calme.

Kamel devait avoir compris qu'il se passait quelque chose de grave. À tout juste quarante-quatre ans, seul au monde à l'exception d'un père qu'il détestait, il vénérait Sammy et voyait en lui un mentor autant qu'un fils, un frère et un ami. Pour cela, ce dernier le détestait, mais l'utilisait pour ce qu'il était : une brute douée d'une force physique étonnante et prête à donner sa vie et la mort pour lui.

Comme chaque fois qu'il devait faire quelque chose qu'il redoutait, ce qui était monnaie courante dans la vie qu'il s'était choisie, Sammy brassait à toute allure une foule d'idées qui ne menaient à rien. C'était un moyen instinctif et inefficace de retarder le moment de regarder les choses en face et d'agir. Or les choses, concernant Nina, il savait très bien qu'il aurait dû les regarder en face depuis le premier jour, quand il avait lu dans son regard que, malgré tout, elle ne serait jamais vraiment à lui. Ni à personne, d'ailleurs. Et il n'avait pas fallu longtemps pour que les ennuis arrivent, jusqu'à ce coup de téléphone qui lui avait noué l'estomac pour de bon.

— Un problème ? lui avait demandé Kamel quand il s'était rassis à sa table.

— Nina a disparu.

— Nina ? Mais alors...

— Alors le rendez-vous est annulé.

Kamel fut instantanément soulagé de ne pas avoir à aller chercher Nina comme prévu aux premières heures du jour. Il fut surtout apaisé de ne pas avoir à la livrer aux « jumeaux », ces malades, et à leur bande dont il s'efforçait de croiser la route le moins souvent possible. Pourtant, il haïssait Nina. Dès son arrivée, il avait compris instinctivement que cette fille n'était pas comme les autres et qu'il serait prudent de s'en tenir éloigné. Elle était trop belle, trop différente, trop intelligente. Elle ne semblait pas vivre sur la même planète que lui, et Kamel avait détesté l'effet qu'elle avait produit sur Sammy. Les mois qui avaient suivi avaient confirmé cette première impression.

— Il faut la retrouver, avait ajouté Sammy. Très vite.

— On l'a toujours retrouvée.

— C'est différent, cette fois. Il faut me retourner cette putain de ville. Et pas un mot aux jumeaux. Nina a disparu il y a moins d'une heure, elle ne peut pas être bien loin.

— Ça va aller, avait déclaré Kamel, peiné de voir Sammy si remué par cette nouvelle escapade de Nina.

Il avait ensuite posé sa main sur l'avant-bras de son chef pour ajouter :

— T'en fais pas...

Sammy s'était immédiatement dégagé, comme brûlé par le contact des doigts de Kamel sur sa peau. Blessé par cette réaction viscérale, ce dernier s'était aussitôt levé pour sortir dans la nuit, agité d'une haine profonde pour la femme à la recherche de laquelle il devait se lancer.

Sammy était resté assis plusieurs minutes, regardant sans le voir l'intérieur si familier du bar. Ses grands miroirs, son comptoir en zinc, ses néons bleus, ses habitués pathétiques. Un profond abattement était en train de s'installer dans ses entrailles. Pour un peu, il aurait eu envie de pleurer. Sur sa vie, sur sa ville, sur le monde, sur Nina. Se sentant terriblement fatigué, las de tout et particulièrement de lui-même, il s'était brusquement levé pour ne pas laisser son vague à l'âme le guider vers les idées qu'il se refusait d'avoir et qui l'auraient poussé à admettre que, depuis qu'il l'avait livrée, Nina lui manquait cruellement.

Deux minutes plus tard, savourant la griffure du froid sur son visage, il avait parcouru la nuit toulousaine en essayant vainement de retrouver le sentiment de propriété qu'elle lui inspirait parfois.

Mais, pour un week-end, les rues étaient tristement calmes. Trois travestis noirs étaient frileusement en maraude sur le bord du canal où était garé le bus de ces « pédés du Refuge ». Plus loin, sur les boulevards du centre, quelques filles emmitouflées avaient fait des signes de reconnaissance en voyant apparaître son scooter BMW C1 bleu nuit si fameux dans le secteur. Même la place Belfort était déserte, à l'exception d'un couple d'homosexuels se dirigeant vers le *Teens,* un bar gay particulièrement kitsch dont Pascal, l'un des serveurs, se transformait en gogo boy entre minuit et 1 heure, et en indic entre midi et 13. Nulle part, Sammy n'avait croisé de clients potentiels, aucune des voitures qui, d'habitude, sillonnaient les rues du centre à la recherche de chair plus ou moins fraîche. Seule une vieille Golf bleu marine avait failli le renverser place Roquelaine et, bien qu'en tort, il avait aussitôt dressé un doigt vengeur à l'intention du couple assis dans la Volkswagen, sentant déferler en lui un impérieux besoin de violence.

Finalement transpercé par le froid, Sammy avait fait une halte à *La Mère l'Oye,* la plus vieille boîte de Toulouse, reprise avec succès depuis quatre ans par Michèle Malfilâtre, plus connue par le passé sous le sobriquet de la Grande Micheline, travesti fameux des rues de Montpellier. C'était d'ailleurs dans cette ville qu'elle avait rencontré un notable de Toulouse qui, par amour, lui avait payé son opération et avait réalisé son rêve d'adolescent : devenir patronne de boîte de nuit. Depuis, *La Mère l'Oye* était redevenue l'un des lieux incontournables des nuits toulousaines, Michèle portait du Chanel, et son respectable époux touchait un douillet pourcentage en contrepartie de son carnet d'adresses. C'était ici que Sammy dénichait sa clientèle la plus argentée.

Sammy s'était dirigé directement vers le troisième sous-sol sur le comptoir duquel Nadine, la barmaid, connaissant ses habitudes, avait aussitôt posé un Coca light rondelle, frappé mais sans glace. Michèle n'avait pas tardé à faire son apparition.

— C'est calme, ce soir, lui avait lancé Sammy en montrant les banquettes à peu près vides de la salle.

— T'as vu le temps qu'il fait ? Ces messieurs préfèrent rester au chaud avec leurs laitues !

Sammy avait pensé à cette nuit vieille d'un peu plus de trois années durant laquelle, dans cette même salle, il avait rencontré l'homme du téléphone pour la première fois. Encore un ami de maître Malfilâtre à la recherche de sensations fortes. De sensations très fortes et de femmes très blondes....

— T'as une petite mine, Sam ! Des ennuis ?

— Faudrait que je parle à ton mari.

— Pas une bonne idée, tu sais...

— J'aurais peut-être besoin de ses contacts chez les cognes.

— Tout le monde se fait tout petit. Avec le procès Alègre, c'est vraiment pas le moment de faire des vagues. C'est pour quoi ?

— Un vrai problème. Du sérieux. Quelque chose qui risque de faire une grosse vague si on ne s'en occupe pas immédiatement.

— Écoute, je vais en parler à Paul, mais je ne te promets rien.

— Dis-lui que c'est en rapport avec son ami l'antiquaire. Il comprendra.

— Je lui passerai le message.

Une demi-heure plus tard, Sammy s'était garé boulevard Michelet en apercevant Nicole qui faisait les cent pas derrière Saint-Aubin, boudinée dans son long manteau en similicuir rouge. Il lui avait fait signe de l'attendre et, un nœud dans le ventre, avait composé le numéro de téléphone de Sali.

C'est Ardi, son frère jumeau, qui avait décroché :

— *Yes...*

— *Sam speaking. Where is Sali* ?

Bien qu'à Toulouse depuis près de quatre ans, les deux Albanais ne parlaient pas un mot de français et ne s'exprimaient que dans un anglais très approximatif dans lequel la conversation se poursuivit :

— Il est occupé, avait répondu Ardi. Qu'est-ce que tu lui veux ?

— Lui parler.

— Pourquoi tu ne me parles jamais à moi ?

— Parce que tu es stupide.

— Ben faudra faire avec, connard, parce que là, il peut vraiment pas te prendre.

— OK. Dis-lui que la livraison est annulée pour ce matin. Le client garde la marchandise plus longtemps que prévu. Je vous tiens au courant. T'as compris ?

— Non, bien sûr.

— T'oublies pas de passer le message, Ardi ?

— Va te faire mettre, Sam.

Sammy avait raccroché, à la fois soulagé et inquiet de ne pas avoir pu parler à Sali directement. Ce dernier était aussi intelligent que son jumeau était stupide. En revanche, ils étaient aussi dangereux l'un que l'autre. Sammy avait rangé son portable et s'était avancé vers Nicole.

— Qu'est-ce que tu fous encore dehors ? T'attends le père Noël ?

— Va t'faire foutre ! lui avait répliqué la prostituée. Et laisse-moi bosser, tu fais fuir les clients avec ta brouette de l'espace.

Sammy détestait les régionales, ces quelques rares prostituées françaises, souvent d'un âge avancé pour le métier, trop grosses et vêtues au-delà du ridicule, qui s'accrochaient encore à un marché envahi par les jeunes et sveltes étrangères. Parmi elles, il n'avait de

40

respect, quoique très limité, que pour Nicole, parce qu'elle lui était utile, qu'elle était la seule de cette arrière-garde à s'entêter à travailler la nuit, et surtout parce qu'elle osait lui dire en face le fond de sa pensée. Sammy n'était plus entouré que de gens qui le craignaient, et il trouvait rafraîchissant, de temps en temps, de venir se faire assener ses quatre vérités par Nicole.

— On monte cinq minutes. Il faut qu'on parle.

Nicole travaillait à Toulouse depuis plus de trente ans et, pour pallier la raréfaction bien naturelle de ses passes, donnait maintenant dans le sado-maso léger qui intéressait une clientèle moins regardante. Si les hommes payaient maintenant pour baiser des filles jeunes, ils se moquaient en général de l'âge ou du tour de taille de celles qui les fessaient.

À la lumière pisseuse de son studio, Nicole faisait peine à voir.

— Pourquoi tu raccroches pas ? s'était inquiété Sammy d'une voix étonnamment sincère. T'as plus besoin de tapiner, maintenant ! Notre petit business te rapporte assez pour...

— Pour faire quoi ?

— J'en sais rien, moi ! Comme tout l'monde !

— Quelle horreur...

Sammy avait souri et s'était assis sur un fauteuil à la propreté plus que douteuse en se disant qu'il était décidément difficile de se débarrasser de la routine, même quand celle-ci était un enfer.

Nicole était restée debout face à lui.

— Bon, qu'est-ce que tu m'veux ? Me dis pas qu'une merde humaine comme toi s'est pointée en pleine nuit pour prendre de mes nouvelles !

— T'es vraiment d'une humeur de chien ! Tu serais pas si vieille, on pourrait croire que t'as tes règles !

41

Nicole s'était retournée et avait ouvert la porte de son studio.

— On est en affaire, je te paye toujours ce que je te dois, je fais le boulot que tu me demandes, ça me donne aussi le droit de ne pas supporter tes insultes. Alors tu changes de ton ou tu dégages.

— C'est toi qui vas changer de ton, ma grosse ! Tu vas fermer ta grande gueule et tu vas écouter. Nina est en vadrouille. Je veux la retrouver, et fissa ! T'es un peu comme une mère pour les filles. Alors, tu vas les faire parler, les bercer, les câliner. Bref, tu vas leur tirer les vers du nez et me rapporter la moindre info sur Nina, le plus petit détail. Compris ?

— Nina ! avait répliqué Nicole en souriant ironiquement. Tu admets enfin que tu en pinces pour elle depuis le premier jour ?

Sammy s'était levé d'un bond et avait frappé Nicole de toutes ses forces en pleine face. Sous le choc, la femme était rudement tombée au sol, le nez en sang et la lèvre supérieure ouverte. Malgré la douleur et une vague de rage fulgurantes, elle avait eu la présence d'esprit de ne pas suivre son premier instinct et de rester à terre.

— Contente-toi de faire ce que je dis, connasse. Et donne-moi vite de tes nouvelles.

Sammy avait eu un instant l'envie de tuer Nicole à coups de poing, et il l'aurait fait si elle s'était relevée. Mais, la voyant soumise, il avait pris sur lui et s'était contenté de lui décocher un violent coup de pied dans le ventre. Puis, parce qu'il aimait souffler le chaud comme le froid, il avait sorti un sachet de poudre de la poche de son blouson, l'avait négligemment jeté près de la prostituée et était sorti en claquant la porte.

Une belle journée glacée montait maintenant lentement sur Toulouse. Sentant encore sur son poing l'impact irradiant du visage de Nicole, Sammy regardait le soleil apparaître derrière les toits givrés. Il prit une bonne inspiration, vida ce qui lui restait du verre de lait qu'il buvait chaque matin avant de se coucher et s'allongea nu entre ses draps. Il se demanda où Nina pouvait bien se cacher. Était-elle tout près ou déjà loin ? Peut-être même, cette fois, évanouie pour toujours ?

Il prit son portable et composa le numéro de la jeune femme. Le temps de la recherche du correspondant, il actionna à l'aide d'une télécommande la fermeture du volet électrique de sa large baie vitrée. Et, alors que la nuit se faisait dans son loft, il entendit le message d'annonce qui lui était si familier : « *Salut, c'est Nina. Tout est possible après le bip...* »

7

L'AUBE m'a tiré du sommeil dès ses premières lueurs.

Il m'a fallu quelques secondes pour comprendre pourquoi j'avais dormi sur le canapé et ce que signifiait cette sensation nouvelle qui m'habitait, cette présence dans mon ventre, à la fois douce et aigre, une tonalité de plus qui teintait mes pensées, un nouvel élément de ma composition intime. Et puis tout m'est revenu.

L'inconnue dormait dans ma chambre.

Après l'épisode des urgences, je l'avais retrouvée en moins de cinq minutes, prostrée dans une ruelle, accroupie contre un mur, comme prisonnière du faisceau tombant d'un lampadaire. Tremblante.

Sans un mot, les yeux vagues, elle m'avait laissé l'aider à remonter dans la voiture et s'était aussitôt endormie à la place du mort.

Tout en conduisant, je n'avais pu m'empêcher de regarder son visage enfin apaisé, au point que j'avais failli renverser un curieux scooter bleu nuit qui ressemblait un peu à un vaisseau spatial individuel. Le connard qui le conduisait, bien que venant de me griller la priorité, avait dressé un doigt d'honneur à mon intention et m'avait lancé un regard si haineux qu'un frisson m'avait traversé le dos.

Arrivé rue Queven, et ayant miraculeusement trouvé une place juste en bas de chez moi, je n'étais pas parvenu à réveiller ma passagère. Elle dormait si profondément que j'avais même craint un moment qu'elle ne soit évanouie.

Je l'avais portée de ma voiture à ma chambre. Elle était aussi légère qu'une enfant.

Je ne crois pas ensuite avoir mis plus de trente secondes à m'endormir tout habillé sur le canapé du salon.

D'habitude, le dimanche, je prends mon petit déjeuner au Concorde, un bar tout proche de chez moi dont j'aime les murs recouverts d'affiches de spectacles en tout genre. J'y ai ma table, mon pample-mousse pressé, mon double café au lait et mes tartines à la confiture de fraise. Je suis toujours affamé au réveil. Le petit déjeuner est le seul repas pour lequel je montre un véritable appétit. Il me faut bien six tartines pour faire taire mon estomac.

Ce matin-là, mon frigo était vide et je n'ai pas osé sortir acheter du pain en laissant mon invitée surprise seule dans l'appartement. J'avais peur qu'elle ne se réveille paniquée, complètement perdue. Peut-être aussi avais-je déjà peur qu'elle disparaisse durant mon absence et sorte de ma vie aussi brusquement qu'elle y était entrée ?

À 9 h 45, mon ventre grognait si fort que je commençais à envisager de m'attaquer à la seule nourriture que contenait mon réfrigérateur : un bocal de cornichons éventés. Pour passer le temps, je jouais nerveusement avec le téléphone portable de l'inconnue. C'était un petit modèle argenté, un peu frime, avec un clapet qui s'ouvre pour prendre la ligne et un écran rond. Il était éteint.

Je me sentais curieusement excité par la présence de cette femme dans mon appartement. C'était le matin, la nuit était oubliée, et avec elle les menaces que je ne peux m'empêcher d'y voir. Avec le soleil dans sa phase ascendante, cette présence, pourtant pleine de mystères, était une plaisante appoggiature à ma routine. C'était la première fois qu'une femme passait une nuit entière chez moi depuis que j'étais installé à Toulouse, et ce serait la première fois que j'y partagerais un petit déjeuner.

Elle a émergé vers 10 h 30.

Je me suis levé du canapé dès que j'ai entendu le loquet de la chambre. Elle a passé son visage encore plein de sommeil à la porte du salon et m'a souri.

— *Look ?*

— Bonjour...

Évidemment, je ne connaissais pas son nom. Comment s'y prend-on pour interpeller une amnésique ?

— Vous avez dormi longtemps. C'est bien. Vous vous sentez mieux ?

— Oh oui, je...

Soudain, elle a pâli et m'a demandé d'une voix pressante :

— Les toilettes ?

— Première porte à gauche.

Elle a disparu instantanément, et je l'ai entendue vomir dix secondes plus tard.

Elle est revenue en s'excusant et m'a dit qu'elle avait envie de prendre une douche.

Elle portait encore sa robe de la veille et j'ai pensé que je n'avais que des vêtements d'homme à la maison. Ce détail pratique m'a brusquement ramené à la complexité de la situation : je ne savais pas qui était cette femme, elle n'avait pas d'habits, pas de chaussures, pas de papiers d'identité, pas d'argent, et plus de mémoire. Elle possédait seulement une robe beaucoup trop sexy pour un dimanche matin et un téléphone portable.

J'ai sorti un peignoir du placard de ma chambre, un cadeau de ma mère que je n'avais jamais utilisé.

— La salle de bain est au fond du couloir, lui ai-je indiqué. Prenez tout votre temps. Je vais faire deux trois courses. Vous mangez quoi, le matin ?

Elle m'a regardé sans répondre, un voile de tristesse descendant sur ses yeux. Il allait falloir que j'apprenne à supprimer un bon paquet de questions anodines de ma conversation si je ne voulais pas sans cesse retourner le couteau dans ses plaies.

— *Look* ?

— Oui ?

— Vous êtes très gentil, je trouve.

Je n'ai su quoi répondre.

Dehors, le froid était pinçant. Curieusement gai et léger, j'ai acheté deux baguettes, deux croissants et deux pains au lait. La boulangère, qui connaît mes habitudes de célibataire, m'a lancé un sourire plein de sous-entendus. Pour laisser un peu plus de temps à ma drôle de convive, je suis allé acheter *Sud-Ouest Dimanche*, une bouteille de lait et un pot de confiture à la fraise. J'avais du thé et du café à la maison. Il suffirait à ma convive de goûter les deux pour savoir ce qu'elle aimait le mieux. En quelque sorte, l'amnésie n'était-elle pas une manière de renaissance ?

Je suis rentré chez moi à 11 heures, tellement affamé que j'en avais mal aux abdominaux. Le salon était vide, et j'ai entendu un drôle de bruit venant du couloir, comme les couinements d'un chiot apeuré. J'ai très vite compris de quoi il s'agissait.

Quand je suis arrivé dans la salle de bain, j'ai trouvé l'inconnue recroquevillée sur le carrelage, le corps agité de tremblements et de sanglots.

Je n'ai même pas vu sa nudité tant sa peau était couverte d'ecchymoses, de coupures, et de ce qui ressemblait à des brûlures circulaires.

8

Elle a cessé immédiatement de pleurer quand elle a vu que je la regardais.

D'une main, elle a ramassé le peignoir sur le carrelage humide et s'en est couverte en se relevant. J'ai tressailli à l'idée du tissu frottant sur son dos meurtri, mais elle n'a même pas grimacé. Comment, depuis la veille, avait-elle pu vivre sans s'inquiéter de son dos ? Sans même, apparemment, sentir la morsure de ses blessures ? Je me suis fait la réflexion idiote que l'amnésie est peut-être également opérante sur les plaies physiques du passé.

— J'ai faim, m'a-t-elle dit d'une voix assurée et étonnamment grave.

— Il faudrait peut-être s'occuper de votre dos ? voir un médecin ?

— J'ai faim.

C'était sans appel.

À l'odeur, elle a opté pour le café. Elle l'a essayé noir et sans sucre et m'a souri au-dessus de son bol en le trouvant à son goût. Bêtement, j'ai été ému par ces premières retrouvailles avec son passé : elle aimait le café noir.

Le pain, le beurre et la confiture également. Elle a dévoré tout ce que j'avais acheté avec précipitation, comme si elle avait jeûné plusieurs jours. Je lui ai cédé ma part sans regret tant mon appétit s'était envolé à la vue de son dos martyrisé. Ce n'était pas tant ses blessures qui me nouaient l'estomac que les idées qu'elles éveillaient en moi. Ces plaies étaient les stigmates d'un passé qui m'effrayait. Le témoignage d'un drame qui contrastait terriblement avec tout ce qui pouvait arriver de pire dans la vie d'un bobo toulousain tel que moi !

Il m'est venu à l'esprit que la seule chose raisonnable à faire était d'appeler la police. Pour elle comme pour moi. J'aurais même dû le faire depuis longtemps, ou la conduire au commissariat la nuit passée. Mais, curieusement, malgré tout, j'étais heureux qu'elle soit là en face de moi, dans mon peignoir trop grand, à terminer son deuxième pain au lait. Et j'ai décidé d'attendre encore avant de faire appel aux « autorités compétentes ».

La jeune femme s'est immobilisée soudain, le visage aussi pâle que quelques minutes après son réveil, et elle a couru vomir une deuxième fois.

Elle m'a assuré que tout allait bien en revenant au salon. J'avais débarrassé la table et ne savais trop quoi faire de moi. Elle non plus, visiblement.

— Vous savez ce qui est arrivé à votre dos ? ai-je enfin osé lui demander.

— Non. Mais... ça me rappelle quelque chose. Vous savez, c'est comme quand on cherche un mot, qu'on arrive presque à le trouver, mais pas tout à fait. Comme on dit en français, il y a une expression, je crois...

— Avoir un mot sur le bout de la langue.

— C'est ça. Ce qui est arrivé à mon dos, je l'ai sur

le bout de la langue. Je sais que je le sais, mais ça ne revient pas.

— Il va quand même falloir vous soigner ! Ça doit vous faire terriblement mal ?

— Pas vraiment.

— J'ai de quoi vous désinfecter. Vous me laisserez faire ça, au moins ?

Elle ne m'a pas répondu et s'est mise à marcher à travers le salon. Au passage, elle regardait mes photos, mes livres, prenait parfois un objet en main. J'ai remarqué alors que ses mains tremblaient, exactement à la manière incontrôlée de celles de certains vieillards.

— Vous vous sentez bien ?

— J'en sais rien. Je suis bizarre. J'ai envie de quelque chose, mais je ne sais pas de quoi.

Soudain, elle a froncé les sourcils et sorti une cassette vidéo de ma bibliothèque.

— Je connais, ça !

— Greta Garbo, ai-je dit en reconnaissant la VHS. *Ninotchka*. 1939. Ernst Lubitsch. C'est l'histoire d'une commissaire soviétique qui...

— Nina Yakushova.

— Quoi ?

— Nina, c'est le nom du personnage, c'est écrit, là !

Elle me montrait le dos de la jaquette de la cassette.

— J'ai vu ce film. Je suis sûre que j'ai vu ce film.

— Sûrement, il est très connu et...

— On peut le regarder ?

— Heu... Oui, bien sûr !

Je n'avais pas vu *Ninotcka* depuis des années, et ce n'est vraiment pas mon Lubitsch favori. De loin, je lui préfère *The Shop Around The Corner*, ou *To Be Or Not To Be*. Mais le film a bouleversé l'inconnue comme le

51

ferait un album de photos poussiéreux retrouvé dans la maison d'un parent décédé.

— Je connais tout ça par cœur, elle m'a dit à la fin du film, comme si c'était une partie de ma vie.

— C'est normal. C'est votre premier souvenir qui revient...

— C'est plus que ça. Je sais pas, il y a... J'ai une drôle d'impression de... connaissance, comment vous dites ?

— Familiarité ?

— Oui, c'est ça. Exactement ce mot.

Elle a serré la mâchoire pour contenir les larmes qui lui montaient aux yeux et m'a dit :

— Vous savez, *Look,* je crois que je m'appelle Nina.

Après dix minutes de négociations, Nina, ne voulant toujours pas envisager une seule seconde de consulter un médecin, m'a laissé finalement nettoyer ses plaies. Certaines étaient si récentes, sans doute faites au couteau, qu'elles avaient taché de sang l'intérieur du peignoir. Je n'ai jamais été très courageux face à tout ce qui est médical, et la vue du sang a plutôt tendance à me faire tourner de l'œil. Sa plus longue coupure était profonde et j'ai dû prendre une bonne inspiration pour la regarder en face.

— Attention, ça va piquer, Nina.

Mais la jeune femme n'a même pas tressailli quand j'ai appuyé la gaze sur sa chair à vif en fermant à moitié les yeux.

Le peignoir découvrant seulement le haut du dos, elle était penchée au-dessus du lavabo de la salle de bain et se regardait dans le miroir, les yeux dans leur reflet.

— Je n'aime pas ce nom, a-t-elle fini par déclarer.

— Nina ?

— Oui. C'est bien mon prénom, je crois, mais je ne l'aime pas du tout. Il me rend triste. Je ne comprends pas pourquoi.

Du mieux possible, j'ai parsemé son dos de pansements de toutes tailles. Il m'en a fallu neuf l'un à côté de l'autre pour couvrir entièrement la plus longue entaille. Par contre, j'ai laissé les traces de brûlures à l'air libre après les avoir couvertes de Biafine, sidéré qu'un être humain puisse infliger cela à un autre. Parent ? petit ami ? mari ? J'ai jeté un œil sur la main gauche de ma patiente : elle ne portait pas d'alliance.

Nina s'est isolée ensuite dans ma chambre. Elle en est ressortie un quart d'heure plus tard.

— Ma robe a des traces de boue, on dirait. Je me suis permis... J'espère que vous n'êtes pas fâché ?

Elle portait des vêtements trouvés dans ma penderie. Toujours nus pieds, un jean bleu roulé aux chevilles comme pour aller marcher dans la mer et une chemise blanche trop grande nouée à la taille, elle était magnifique.

9

Guy Cassagne put enfin se dire qu'il tenait *sa* série. Après des lignes et des lignes de lecture rébarbative, de décryptage de jargon technique, d'énumération des caractéristiques de la terre dans laquelle avaient été découverts les restes humains, du type de vermine que cela impliquait, de descriptions détaillées des membres déterrés, des résultats de l'étude de l'acide spartique et de l'état de la dentition des trois têtes, il pouvait en synthèse ressortir exactement les informations dont il avait besoin depuis des mois : les trois victimes étaient de sexe féminin, d'un âge compris entre dix-neuf et vingt-cinq ans, toutes originaires des pays de l'Est.

Le langage des rapports d'Écully était si abscons et exaspérant qu'il permettait d'oublier qu'il s'agissait d'êtres humains. Pour un temps seulement. Car, comme s'il venait d'effectuer cette lecture en apnée, le lieutenant expira longuement et fut parcouru d'un tremblement. L'horreur cachée derrière les mots le frappa de plein fouet et il fut la proie d'une soudaine crise de tachycardie.

Guy ferma les yeux, fit pression de ses doigts sur ses paupières pour ralentir son rythme cardiaque et se répéta plusieurs fois, comme pour se convaincre, que tout allait au mieux, qu'il tenait *sa* série :

Novembre 2000. Un corps de sexe féminin, sans tête ni mains ni pieds, est découvert sur le chantier de la médiathèque Zac-Marengo. La rate tout juste identifiable indique que la mort de la victime ne remonte pas à plus de trois mois.

Moins d'un an plus tard, l'explosion de l'usine AZF, en balayant un bâtiment administratif bâti seulement dix mois plus tôt dans le quartier du Mirail, met au jour une tête de jeune femme, une paire de mains et de pieds, le tout prisonnier du béton. Les plombages archaïques retrouvés dans la dentition de la victime indiquent qu'elle a grandi dans un pays de l'ex-bloc soviétique.

Janvier 2003. L'assèchement temporaire d'une partie du canal du Midi en vue du percement de la ligne B du métro toulousain permet la découverte d'un squelette de femme sans mains ni pieds, immergé probablement depuis plus de trois ans.

— Et en juillet 1995, sur le chantier d'une résidence du quartier de Pradettes, c'est un corps entier qu'on a retrouvé cette fois, enterré depuis plus de trois mois.

— Sauf qu'on ne sait pas si cette affaire est liée aux autres, opposa le lieutenant Cassagne à Alexandra.

— Et les dents ? C'est une bénédiction, pour nous autres, que les dentistes de l'Est soient des bouchers !

— Les dents, oui... Mais ça date de 95, cinq ans avant la médiathèque !

— Alors ça, ça ne prouve vraiment rien ! Qui nous dit qu'on a découvert tous les corps ? Il y a peut-être eu d'autres victimes entre 1995 et 2000 dont on ne verra jamais réapparaître les restes !

— Oui, je sais.

Guy Cassagne, une fois le rapport épluché, avait invité Alexandra à déjeuner. « Pour fêter ça ! » lui avait-il déclaré en faisant allusion aux liens trouvés entre les corps. Du coup, il l'avait emmenée aux halles Victor-Hugo, et, après des moules à la plancha, ils savouraient un assortiment de poissons grillés.

— Mais le corps était entier ! ajouta-t-il en enfournant une bouchée de rouget.

— Pour moi, précisa Alexandra, le lien est plus dans les victimes que dans le scénario criminel.

— Quand même, les têtes, les mains et les pieds systématiquement séparés du corps, et...

— Les corps sont mutilés pour compliquer leur identification, basta ! Je ne crois pas une seule seconde au tueur en série méthodique, avec signature et tout le bordel. C'est l'Est qui fait la série. Toutes ces filles viennent de l'Est.

— Toutes, on n'en sait rien.

— *Probablement* toutes. Elles viennent de l'Est et, a priori, ce sont des clandestines, ce qui explique pourquoi on fait chou blanc depuis le début. Aucune disparition n'a jamais été signalée. C'est pour ça que je pense que le corps des Pradettes est lié aux autres.

— Alors pourquoi était-il entier ?

— J'en sais rien.

— Pas le même tueur ?

— Ou pas le même groupe de tueurs. Qui nous dit qu'il s'agit d'un seul homme ? C'est peut-être juste des types qui éliminent des filles embarrassantes ! Ils auraient seulement changé de technique...

— Des clandestines qu'on coupe en morceaux après les avoir fait passer à l'Ouest contre une somme rondelette ?

— Pourquoi pas ? Même si Toulouse paraît bien loin des frontières pour ça... Ou alors, ce sont des prostituées.

— La France n'est qu'une étape pour les filles de l'Est. On serait en Belgique, je dis pas, mais là...

— Surtout que les victimes sont jeunes. Pourquoi les tuer en chemin alors qu'elles peuvent encore rapporter gros ?

— Ouais, elles pourraient plutôt être revendues une fois de plus.

Tous deux réfléchirent un instant en silence, puis Alexandra demanda :

— T'as vu Torres, ce matin ?

— Oui. Il est d'une humeur de chien. On risque d'avoir Paris sur le dos assez rapidement. Toulouse est « zone sensible », en ce moment. Il va falloir montrer des résultats si on veut rester peinards...

— Tu m'étonnes ! Au fait, j'ai envoyé un mail au type de l'OCRTEH.

— Le quoi ?

— L'Office central du trafic des êtres humains.

— Ah oui ! Mais ça va pas donner grand-chose, si tu veux mon avis. Toulouse est une petite ville de province, malgré les apparences. La solution, on va la trouver en local.

— Je vais essayer les associations de rue.

— Comment ils s'appellent déjà, ceux qu'on a vus l'autre fois ?

— Le Refuge ?

— Ouais, c'est ça. Ceux qui ont un bus, avec soins médicaux gratuits et soutien psy ?

— Oui. Ils sont très branchés prostitution.

— Parfait. Ils doivent connaître toutes les filles et même les clandestines... Organise-nous un rendez-vous.

La montre du lieutenant sonna deux fois.

57

— Faut que j'file. C'est l'heure du rendez-vous de Louis chez le pédopsy.

— Toujours ses cauchemars ?

— C'est ce psy qui est un cauchemar. Tu sais ce qu'il m'a demandé ? S'il m'arrivait de parler de mon travail devant le petit. Tu me vois raconter à table des histoires de corps et de têtes éparpillés aux quatre coins de la ville ?

Le lieutenant fit signe au patron du restaurant de mettre le repas sur sa note et partit en regrettant de ne pas avoir le temps de prendre un dessert. Puis il se rappela qu'il avait l'habitude, à la sortie du pédopsy, de partager un goûter avec son fils dans une boulangerie du quartier. Comme lui, Louis avait un faible pour les religieuses au chocolat.

10

QUATRE nuits que Nina avait disparu.

Sammy savait qu'il aurait dû dire la vérité aux jumeaux depuis longtemps, mais il se sentait incapable de faire quoi que ce soit.

Il n'était pas sorti de son loft depuis cette fameuse nuit. Ses seuls contacts avec l'extérieur étaient son téléphone portable et Kamel. Ce dernier s'était démené. En vain. Aucune trace de Nina. Nicole, de son côté, n'était pas plus avancée. C'était peut-être bon signe, mais Sammy doutait que la jeune femme ait quitté la ville. Ne lui avait-elle pas juré qu'elle le tuerait de ses propres mains ?

Sammy sourit en se souvenant du jour où elle lui avait jeté cette menace au visage. Menace qu'il avait prise tout à fait au sérieux, d'ailleurs. Comme tout ce que disait la jeune femme. Et tout ce qu'elle ne disait pas.

Allongé sur son lit, il sentit grossir la boule qui lui nouait le ventre depuis quatre jours. Il ne comprenait pas ce qui lui arrivait, mais il était terriblement abattu. Seul le sommeil l'apaisait, et il dormait jour et nuit. Mais, à chacun de ses réveils, la boule était là, fidèle au rendez-vous. Sammy se sentait malade, fiévreux psychologiquement. Quel que soit le sujet vers lequel se tournaient ses pensées – et tout particulièrement les corps qui refaisaient surface l'un après l'autre, voire par paquet de trois –, il éprouvait un intense sentiment de gâchis et d'irrémédiable échec. Il trouvait soudain sa vie au-dessus de ses forces et aurait aimé dormir pour ne se réveiller que dans la peau d'un autre, ailleurs, plus tard, beaucoup plus tard.

Il avait laissé de nombreux messages à Nina, puis il avait composé son numéro simplement pour entendre sa voix sur l'annonce du répondeur. Il avait aussi essayé en vain de parler à Paul Malfilâtre, mais ce dernier ne l'avait pas pris une seule fois au téléphone. Pire, la veille, le videur de *La Mère l'Oye* avait refusé de laisser entrer Kamel. En repensant à cet incident, Sammy pensa qu'il faudrait vraiment qu'il touche personnellement deux mots à ce notaire qui semblait avoir oublié jusqu'à son nom, alors qu'il avait activement contribué à engraisser son compte en banque ces dernières années. Pourtant, même cette idée ne le tira pas de sa léthargie.

Son portable sonna, mais Sammy ne répondit pas en voyant le numéro qui s'affichait. Visiblement, l'antiquaire commençait sérieusement à paniquer. Il lui laissait plusieurs messages par jour, sa voix passant de la menace à la supplique.

Qu'il aille se faire foutre, pensa Sammy. Qu'ils aillent tous se faire foutre.

À sa grande surprise, il se mit à penser à la maison de son enfance. Ce fut d'abord doux, puis rapidement amer. Il se demanda si ses parents l'habitaient toujours, puis réalisa qu'il ne savait même pas s'ils étaient encore de ce monde. Sa mère sans doute, mais son père était beaucoup plus âgé et sa santé avait toujours été défaillante. Sammy n'avait jamais compris pourquoi il détestait cet homme. Il le comprenait encore moins cette nuit-là.

Une nouvelle sonnerie retentit. Celle de l'entrée, cette fois. Il se leva et traîna des pieds jusqu'au visiophone. Le gros visage de Kamel apparut sur l'écran et Sammy actionna le bouton de commande d'ouverture du porche de l'immeuble.

Deux minutes plus tard, Kamel était projeté sur le parquet du loft, les jumeaux sur ses talons. Sammy poussa un long soupir d'accablement.

— Faites comme chez vous, lança-t-il aux deux Albanais en leur tournant le dos pour se diriger vers son lit d'un pas lent.

— Joli, chez toi ! lança Sali.

Il n'était que 21 heures, et le loft était seulement éclairé par la lampe de chevet du grand lit qui en occupait le centre.

— Content que ça te plaise. Mais je suppose que tu n'es pas venu pour parler déco ?

Ardi tenait Kamel en joue, ce dernier ne comprenant pas un mot de l'échange qui se déroulait en anglais.

— Non. Tu te doutes bien de quoi je viens parler, poursuivit Sali.

— Nina.

— Oui, Nina. Pourquoi tu nous as caché la vérité ?

— C'était mon problème. Mon client.

— Sauf que la fille nous appartient.

— Vous avez été payés, non ?

— C'est pas une question d'argent.

— Ah bon ! Parce qu'il y a autre chose qui vous intéresse, dans la vie ?

— C'est une question de principe.

— De principe ! Bien sûr. Entre hommes d'honneur...

— Il y a des règles, Sam, et là, tu as fait une erreur.

— Ma vie est une erreur, lâcha Sammy en ressentant intensément le poids de cette phrase.

61

— On ne peut pas laisser passer ça, tu comprends ? enchaîna Sali.

— Je comprends que j'étais sur le point de me coucher et que...

— Te coucher ? Depuis quand tu dors la nuit ?

— Abrège, s'il te plaît. Où tu veux en venir ?

— À la confiance. J'ai besoin d'avoir confiance dans ceux avec qui je travaille.

— Tu vas me tuer ?

— Te tuer ? Non. Je veux juste rétablir la confiance. Être certain que tu ne recommenceras plus à me prendre pour un con.

— Je ne t'ai jamais pris pour un con. Ton frère, oui, parce qu'il en est un. Toi, je t'ai toujours pris pour ce que tu es : une ordure. On était faits pour se rencontrer...

Sali sourit et sortit une pince à volaille de la poche intérieure de sa veste. Sammy perçut aussitôt la naissance d'une sueur glacée sur son front. Si tout le monde les appelait les jumeaux, le deuxième surnom des Albanais était les « bouchers », parce que, avant de venir en France, dans leur pays, ils étaient équarrisseurs.

— Je veux seulement que tu saches à quoi t'attendre à la prochaine erreur.

Sammy se demanda s'il avait le temps de se saisir de son revolver, mais il vit soudain Sali se diriger vers Kamel qui se retrouva allégé de l'annulaire de sa main gauche avant d'avoir eu le temps de comprendre ce qui lui arrivait.

— La confiance, ajouta Sali en jetant le doigt sanglant de Kamel sur la couette de Sammy. J'ai besoin d'avoir confiance en mes collaborateurs.

Et les deux frères sortirent de l'appartement.

Kamel, qui, jusque-là, regardait stupidement sa

main amputée d'où s'échappait un flot impressionnant de sang, se mit enfin à hurler.

Sammy pensa un instant l'achever, mais n'eut pas le courage de se lever pour prendre son arme.

— TA GUEULE ! hurla-t-il.

Kamel prit aussitôt sur lui et se tut, le visage déformé par la douleur.

Sammy se leva finalement en soupirant, appela un taxi et garrotta brutalement le bras de Kamel avec un cordon de caoutchouc plus couramment utilisé pour les injections d'héroïne.

— Il y a de la glace au frigo. Tu ramasses ton doigt et tu files à l'hosto. J'ai besoin de calme pour réfléchir.

Kamel obtempéra en grimaçant, au bord de l'évanouissement. Sammy eut pitié de lui et alla chercher une dose de poudre dans sa cachette.

— Tiens ! Prends ça ! lui dit-il en glissant le sachet dans sa main valide. Ça va t'aider à tenir...

Kamel marmonna un vague remerciement et, aussi blanc que le cadeau de Sammy, sortit de l'appartement en se tenant aux murs.

Quand il fut de nouveau seul, Sammy éteignit la lumière et se coucha sur le côté droit, en position fœtale. Il tenta de réprimer son envie de pleurer, mais fut finalement soulagé de se laisser aller et de se lamenter sur son propre sort. Puis il maudit le jour où il avait rencontré Nina et, avant celui-là, celui qui avait vu se sceller son accord avec les Albanais.

11

QUAND il se réveilla treize heures plus tard, Sammy se sentait mieux.

De nouveau capable de haine, il réfléchissait plus clairement et comprenait qu'il était en pleine dépression. Le reconnaître l'aida un peu, et il sentit naître en lui un embryon d'énergie. Il sauta dans la brèche, prit une douche froide, son revolver, et sortit un peu après midi.

Il connaissait les habitudes de Paul Malfilâtre et rangea son scooter devant le restaurant que le mari de l'ex-Grande Micheline fréquentait assidûment avec ses collègues ou ses meilleurs clients.

Malfilâtre y était attablé avec trois autres cravatés ventripotents. Dès qu'il vit Sammy approcher, il se leva et vint nerveusement à sa rencontre.

— Qu'est-ce que vous foutez là ?

— Vous ne me prenez pas au téléphone, alors je suis bien obligé de me déplacer !

— Vous êtes complètement dingue ! Je suis connu, ici, il ne faut pas qu'on nous voie ensemble !

Le notaire prit Sammy par le bras et l'attira dans un coin isolé de la salle. L'endroit dégoûtait profondément Sammy : un restaurant qui fleurait bon la vieille France, la cuisine au beurre et les digestions lentes.

— Il faut qu'on parle de votre ami l'antiquaire. Je ne sais pas si vous êtes au courant, mais il a merdé, et sérieusement.

— Non, je ne suis pas au courant, et je ne veux rien savoir.

— J'ai besoin de retrouver la fille qui lui a échappé. Pour ça, il faudrait que j'aie accès aux fichiers des flics. Vous avez quelques amis là-bas et...

— Ça suffit. Je vous ai dit que je ne voulais rien savoir.

— Vous savez très bien combien nos accords vous ont rapporté, en tout cas ! Alors...

— Je ne veux plus jamais entendre parler de vous, c'est compris ?

— Non. Vous...

— Bon Dieu, vous ne lisez jamais les journaux ? Toulouse fait la une un jour sur deux, en ce moment ! Alors, vous oubliez mon existence et vous dégagez de ma vue.

Sammy sentit une rage froide s'installer en lui.

— Vous ne me parlez pas comme ça, Malfilâtre.

— Ou quoi, connard ? Vous êtes sur mon territoire, ici. Pas dans un bar à putes ! Qu'est-ce que vous voulez faire ? Sortir votre flingue et me loger une balle dans la tête devant tout le monde ?

Sammy regarda silencieusement le notaire quelques secondes, puis répondit d'une voix posée :

— Oui, exactement.

Il sortit son revolver, logea une balle entre les yeux du notaire et quitta le restaurant sans même entendre les cris de panique des clients qui se ruaient sous les tables.

Comme un automate, curieusement apaisé, il monta sur son scooter bleu nuit et roula jusqu'au

Mirail. Là, il laissa son véhicule et sa clé de contact devant l'austère barre d'immeubles qui composait le 12, avenue Guy-Gilles. Il força la serrure d'une boîte aux lettres sans nom, y trouva un trousseau de clés sous un amas de prospectus défraîchis et monta au neuvième étage, où il ouvrit la porte de l'appartement 234. Une planque dont même Kamel ignorait l'existence.

Sammy ouvrit le volet du petit studio et sourit en entendant démarrer le moteur de son scooter. Il se pencha au balcon et vit l'engin s'éloigner, piloté par un adolescent. Puis il alla ouvrir le placard de l'entrée et vérifia si les cinquante-trois mille euros en liquide étaient toujours dans leur boîte à chaussures.

12

Je n'ai vraiment compris que ma vie avait changé qu'en retournant au boulot.

Nina était chez moi, enfermée à sa demande, et pour la première fois de ma carrière, j'étais impatient de rentrer après les cours. Quelqu'un m'attendait à la maison, et c'était bon. Même Liliane et Marc me trouvaient changé.

Mon invitée passait ses journées devant la télé ou au lit. Comme moi, elle semblait passionnée de vieux cinéma américain. En quelques jours, elle avait regardé presque toutes mes cassettes et mes DVD, et acquis la certitude d'avoir déjà vu, outre *Ninotchka*, *La Comtesse aux pieds nus*, *Casablanca*, *La Mort aux trousses*, *L'Aventure de Madame Muir*, *La vie est belle* et *L'Homme de la rue*. Toute sa mémoire pour le moment.

Je m'occupais matin et soir de son dos avec un confus sentiment de culpabilité. Je soignais ses plaies, mais j'essayais d'en occulter les causes possibles. Par égoïsme, parce que j'aimais déjà sa présence dans ma vie, parce que j'adorais faire les courses pour deux, parce que je savais que ce qui l'avait mise dans cet état nous séparerait aussitôt.

Et alors ? Alors rien. À l'époque, je n'analysais pas encore bien mon attitude vis-à-vis d'elle et j'essayais

67

de me convaincre qu'il était tout à fait naturel, par pure gentillesse, d'héberger secrètement une jeune femme amnésique, étrangère, sans papiers ni argent, et qui avait visiblement subi une ou plusieurs séances de torture. À ce moment de notre histoire, je ne savais pas que j'étais en train de tomber amoureux. Que j'étais déjà amoureux, en vérité. Il faut dire pour ma décharge que je ne connaissais pas grand-chose à l'amour, sinon une brûlure suivie de beaucoup de tiédeur.

Quand je suis rentré du collège ce soir-là, il était un peu plus tard que d'habitude. J'avais été contraint d'accepter de boire un verre avec Samira, qui voulait savoir pourquoi je ne répondais pas à ses messages depuis plusieurs jours. Notre relation était étrange : sans amour, mais tout de même avec des comptes à rendre et une forme irritante de jalousie. Je m'étais d'ailleurs très mal sorti de ce rendez-vous au *Tchin-Tchin*, un café de mon quartier où nous avions nos habitudes.

J'ai retrouvé Nina assise dans le canapé, les volets tirés. Elle ne s'était pas sentie bien de la journée et elle m'a avoué avoir encore vomi plusieurs fois. J'ai de nouveau parlé de la nécessité de voir un médecin et, cette fois, au bord des larmes, elle a accepté, à condition qu'il vienne à domicile. La rue la terrorisait toujours.

Je suis passé devant elle pour prendre le téléphone et elle m'a attrapé par la veste. Très étonné, je l'ai vue plonger son nez dans la manche de mon bras gauche. Elle a pris une forte inspiration et m'a souri.

— Le tabac ! m'a-t-elle dit en reconnaissant l'odeur de cigarette froide que mes vêtements avaient ramenée du *Tchin-Tchin*. Je fume. *Look*, je fume !

J'ai pris rendez-vous avec ma généraliste pour le lendemain matin et suis sorti acheter une marque de blondes choisie au hasard dans le mur bariolé de paquets de cigarettes que proposait la buraliste.

Nina a fumé sa « première » cigarette avec une délectation qui faisait plaisir à voir. J'ai beaucoup moins apprécié d'être obligé de trouver un tabac ouvert à 23 h 30, quand le premier paquet a été terminé.

Mais, au moins, les mains de Nina ne tremblaient plus.

Le lendemain, entre les 4e B et les 5e D du collège de Reynerie, au Mirail, j'ai téléphoné à mon médecin qui avait dû passer voir Nina dans la matinée.

C'est une femme charmante et enjouée, mais il y avait cette fois dans sa voix une espièglerie qui m'a frappé aussitôt.

— Tout va bien, Luc. À part qu'il va falloir que...

— Nina.

— Que Nina arrête de fumer.

— Mais elle n'a rien de grave ? Elle...

— Elle attend un bébé, ce n'est pas une maladie, vous savez !

J'en suis resté sans voix.

— Il faudra que vous me fassiez parvenir son dossier. Elle m'a dit que c'est vous qui aviez tout rangé. J'aimerais bien voir la première échographie et les analyses sanguines. Elle n'a pas su me dire le nom de son gynécologue, non plus. Elle en a un ?

— Heu... Non, pas encore. Elle n'est pas à Toulouse depuis longtemps.

— J'en connais une très bien, très douce. Votre amie a l'air un peu craintive, c'est normal quand on est installé dans un pays depuis peu de temps. Et puis, les femmes de l'Est sont toujours très pudiques. Elle

69

a absolument voulu garder sa chemise pendant que je l'auscultais...

Je n'entendais déjà plus ce qu'elle me disait, et n'ai aucun souvenir de la manière dont nous avons terminé cette conversation. Ni du reste de ma journée jusqu'à ce que je rentre chez moi.

J'ai retrouvé Nina assise sur le canapé, une dizaine de petits pliages en papier posés sur la table basse. Un bateau impeccable, une cocotte, un avion très élaboré, un lapin, un hibou...

— C'est vous qui avez fait ça ?

— Oui.

— C'est magnifique. Vraiment impressionnant !

— Je... Ce sont mes mains. Je ne sais pas comment j'ai fait, c'est venu tout seul.

Puis elle s'est tue quelques secondes, avant de reprendre avec fébrilité :

— Vous savez ?

— Oui. Et vous, vous saviez ?

— Non, mais j'avais deviné. Je le sentais en moi.

— C'est pour ça que vous ne vouliez pas voir de médecin ?

— Je voulais que ce ne soit pas vrai.

Nous sommes de nouveau restés silencieux quelques minutes, soupesant, chacun de notre côté, les répercussions de la nouvelle.

— Le docteur vous a dit depuis combien de temps vous êtes enceinte ? ai-je soudain pensé à demander.

— Pas directement, mais j'ai compris que j'ai dépassé les trois premiers mois.

— Bien, j'ai répondu sans trop mesurer les conséquences de cette précision.

Puis Nina a fondu en larmes et m'a déclaré, la voix aiguë et chevrotante :

— J'attends un bébé, *Look,* et je n'ai aucun souvenir de qui est le père !

Une profonde tristesse a déferlé en moi. Je ressentais intimement son désarroi, sa panique, mais je me suis tout de même fait la réflexion que l'amnésie avait du bon et que, vu ce que le père de l'enfant avait fait à son dos, il était préférable d'oublier son existence pour toujours.

Après quelques secondes d'hésitation, je suis venu m'asseoir près d'elle sur le canapé et je l'ai prise dans mes bras. Je l'ai bercée doucement, me laissant enivrer malgré moi par l'odeur de sa peau.

Nous sommes restés ainsi de longues minutes et Nina s'est lentement apaisée. Sa respiration est devenue régulière et j'ai fini par me rendre compte qu'elle s'était endormie. Sans doute, seul le sommeil lui apportait un peu de répit, et je n'ai plus osé un geste, de peur de la réveiller et de la replonger brutalement dans sa terrible réalité.

J'étais à la fois bien et oppressé, pénétré de la chaleur de son corps contre le mien en même temps que du pressentiment d'un drame.

Pour essayer de me calmer, j'ai laissé glisser lentement mon regard vers la fenêtre et, curieusement, un vers d'Eluard m'a traversé l'esprit :

Et le soir pèse partout.

C'est tiré d'un poème dont j'ai oublié le titre, mais dans lequel, j'en suis sûr, il est beaucoup question de nuit.

13

Dès le réveil, Guy Cassagne eut l'intuition qu'il allait vivre une journée particulière.

Il éprouvait un curieux sentiment d'étrangeté. Quelque chose le gênait, lui manquait, comme l'absence incongrue d'un objet familier à sa place habituelle. Il lui fallut plonger deux cachets d'Efferalgan dans un verre d'eau pour se rendre compte qu'il n'avait pas mal à la tête. Louis n'avait pas fait de cauchemar cette nuit-là.

Sa femme le rejoignit dans la cuisine et se blottit contre lui, encore pleine de sommeil. La veille, ils avaient fait l'amour, à l'initiative d'Agnès, comme toujours. Guy se sentit un peu embarrassé par ces marques d'affection matinale. Il était d'ailleurs toujours plus ou moins embarrassé par l'amour de son épouse. Il ne se trouvait pas vraiment doué pour recevoir de la tendresse, en fait. Sauf celle de Louis.

— Tu t'es beaucoup levé, cette nuit ? lui demanda Agnès. J'ai dormi comme une souche, je n'ai rien entendu.

— Pas une seule fois.

— Il n'a pas appelé ?

— Non.

Guy était rentré tard la veille, bien après le coucher

72

du petit qu'il avait longuement regardé dormir par la porte entrebâillée de sa chambre. Il faisait souvent cela quand une enquête le hantait, et la vision de son fils endormi lui procurait toujours un singulier mélange d'apaisement et de peur, une impression d'éternité mêlée d'une effrayante fragilité. Ce matin-là, il se rendit compte avec beaucoup d'étonnement que ne pas avoir eu l'occasion de le serrer dans ses bras pour le consoler d'un cauchemar lui avait manqué. Pourtant, une nuit sans interruption était son rêve le plus fou depuis trois ans.

Il prit un copieux petit déjeuner, puis, au moment de partir, annonça à sa femme qu'il rentrerait dîner mais ressortirait ensuite, sans doute jusque très tard dans la nuit. Agnès voulut un baiser d'adieu et Guy, se blâmant à l'instant, ne le lui donna que du bout des lèvres.

Depuis qu'un notaire s'était fait descendre à l'heure du déjeuner dans un restaurant bondé de notables, le commissaire Torres était sur les dents. Ce matin-là, il passa ses nerfs sur le lieutenant Cassagne à qui il reprocha l'intérêt trop marqué que la presse portait aux corps morcelés. Guy accepta les remontrances de son supérieur sans sourciller en se disant que ce petit remontage de bretelles était certainement de la rigolade comparé à ce que Torres devait supporter quotidiennement au téléphone de la part du directeur central de la PJ.

Guy avait bien essayé de rouler les journalistes dans la farine, mais ces derniers n'avaient pas tardé à flairer l'éventualité d'un tueur en série hantant la nuit toulousaine. Ils en mouraient d'envie, de toute façon, et ils étaient prêts à l'inventer de toutes pièces si c'était nécessaire. Les papiers parus depuis une semaine étaient d'ailleurs si outranciers qu'ils en devenaient parfaitement inoffensifs.

Le lieutenant passa ensuite deux heures avec Damien Belfond, de l'OCRTEH. Comme il l'avait prévu, cet entretien ne déboucha sur rien de concret. Guy mettait beaucoup plus d'espoir dans le rendez-vous qu'Alexandra avait obtenu pour la nuit même avec les membres du Refuge, cette association de bénévoles qui essayait d'aider, entre autres, les prostituées de la ville.

À 20 heures, Guy lisait à Louis l'histoire d'Albert, le ver de terre qui s'évertuait à apprendre à voler depuis que son amoureuse Myrtille la chenille était devenue papillon. Louis la connaissait par cœur, et son père adorait lui faire dire le texte à sa place. L'enfant n'oubliait pas un mot, comme s'il savait lire, et son père débordait de fierté et d'amour. Il embrassa enfin le petit en lui demandant de promettre, comme chaque soir, de ne pas appeler ni pleurer de la nuit. Louis, de sa voix de porcelaine, promit le plus sincèrement du monde. Tous deux se firent un câlin et un frisson de tendresse courut dans le dos du lieutenant.

Plus tard, au cours du dîner, Agnès dit soudain :

— Et si on faisait un deuxième enfant ?

Guy regarda son épouse, pris de court.

— Louis a trois ans, c'est un bon écart, tu crois pas ?

— Heu... Si !

— Mais ?...

— Mais on ne ferait pas mieux d'attendre d'avoir résolu ses problèmes de sommeil ?

— Si ça se trouve, l'arrivée d'un frère ou d'une sœur le calmerait !

Guy resta silencieux un moment et c'est Agnès qui poursuivit :

— Il n'a jamais été question qu'on ait un enfant unique.

— Oui, je sais.

— Je pourrais prendre un congé parental d'éducation...

Guy, en homme qui se respecte, et pour des raisons plus complexes qu'il préférait ne pas regarder en face, avait traîné les pieds plusieurs années avant d'accepter d'avoir un enfant avec Agnès. Mais, une fois Louis dans ses bras à la clinique, il s'était découvert profondément père et prêt à tout pour son fils. À se lever la nuit, à changer ses couches souillées, à lui donner le biberon, à lui apprendre à marcher, à faire du vélo, à nager, à l'emmener au rugby, à lui faire aimer la mer comme il l'aimait lui-même, à le faire réviser pour son bac, à devenir grand-père, à tuer ou à donner sa vie pour lui. Mais il se sentait maintenant incapable d'aimer de nouveau autant, et l'idée d'un deuxième enfant lui semblait incongrue.

— J'ai trente-six ans ! ajouta alors Agnès.

Guy fit mine de regarder sa montre et dit qu'il devait filer.

Franchement en avance à son rendez-vous, il appela Alexandra pour l'inviter à prendre un verre. Elle lui proposa de venir chez elle.

Sur le palier, le lieutenant reconnut aussitôt le disque qu'écoutait Alexandra : *Pop*, de U2. Il ne savait pas que la passion qu'il était censé partager avec sa partenaire pour ce groupe n'était qu'un artifice de plus déployé par la jeune femme pour gagner son amitié. En vérité, Alexandra s'était mise à écouter le groupe fétiche de Guy depuis qu'elle travaillait avec lui dans le seul but de pouvoir passer pour une fan. Mais elle y avait pris goût, et si cet album était celui qu'il aimait le moins, elle l'adorait. Quand il entra dans le studio, Bono chantait : *Do you feel loved.*

Ils s'assirent sur le canapé et burent chacun une bière en écoutant le reste de la chanson. Puis Alexandra demanda à Guy ce qui le souciait.

Il sourit en pensant que, décidément, il ne pouvait rien lui cacher.

— Agnès veut un deuxième enfant.

— Et pas toi.

— J'en sais rien.

— Si, tu le sais très bien.

— Oui. Mais c'est pas bien.

— Attends ! Où il est écrit qu'il faut absolument avoir plusieurs enfants ?

— Ça serait mieux pour Louis.

— Qu'est-ce que t'en sais ? Tu connaîtrais mon « cher » petit frère, tu serais comme moi : une militante de l'enfance unique !

— Mais Agnès a toujours voulu plusieurs enfants.

— Un couple, c'est deux personnes, Bono. Deux. Deux désirs, deux volontés. Tes envies comptent autant que celles d'Agnès. Même en matière de gamins !

— Mon problème, c'est que je ne sais pas pourquoi je ne veux pas de deuxième enfant.

Alexandra hésita à exprimer le fond de sa pensée, mais se lança tout de même :

— Si tu veux mon avis, ce n'est pas l'enfant qui pose problème. Tu adores Louis, et tu adorerais son frère ou sa sœur...

Guy devinait ce qui allait suivre : exactement ce qu'il refusait de regarder en face depuis des années.

— Ton problème, c'est la mère, poursuivit la jeune

76

femme. Tu es prêt à avoir un deuxième enfant, Guy...
Mais pas avec Agnès.

Alexandra se leva, excitée par l'audace de ses propos et le trouble qu'ils avaient fait naître dans le regard de son supérieur. Elle alla chercher deux nouvelles bières qu'ils burent en silence, Guy se rappelant sa rencontre avec Agnès, cette amitié devenue liaison par peur d'être seul et de blesser l'autre, Alexandra survolant mentalement sa jeunesse marquée par le départ de son salaud de père, puis par la haine de sa mère qui avait ensuite, par vengeance, rendu la vie impossible à ses nombreux amants.

Depuis huit jours, le temps s'était considérablement radouci et déjà, à 23 h 30, les rues initiées de la ville frémissaient d'un ballet fébrile. Une lourde brume tirait ses voiles pudiques sur les clients et les prostituées qui se frôlaient, se flairaient, se redoutaient et s'attiraient en des tangos pathétiques. Des voitures conduites par des mains d'hommes sans visage tournaient sans fin, exaspérées par la peur et l'envie d'exaucer des désirs coupables. Des dealers aux silhouettes fuyantes hantaient les ombres laissées inoccupées.

Alexandra et Guy avaient décidé de ne prendre qu'une voiture, et c'était la jeune femme qui était au volant. Guy se sentait singulièrement fragile, impressionnable, comme doué de plus de sensibilité qu'à l'accoutumée. Il errait quelque part entre la tristesse et la sagesse, la sérénité et la peur. Il lui semblait qu'il voyait mieux, que ses yeux captaient plus de couleurs que d'habitude, ses narines plus d'odeurs et ses oreilles plus de sons. Il était ouvert au monde, abandonné à ses sensations, et sentait battre en lui le cœur de la ville. Finalement, il ne regrettait plus d'avoir accepté le joint que lui avait roulé Alexandra.

Comme souvent, le minibus du Refuge était garé le long du canal du Midi, dans le quartier de la gare. S'y relayaient des infirmières et des médecins bénévoles, des assistantes sociales et de simples bonnes âmes qui proposaient gratuitement cafés, biscuits, soins, ordonnances et réconfort aux hôtesses maudites des nuits toulousaines. Dès qu'ils montèrent à son bord, deux silhouettes en sortirent en rasant les murs, celles d'un travesti bâti pour le basket américain et d'une femme d'âge mûr boudinée dans un long manteau en similicuir rouge. Alexandra se fit aussitôt la réflexion qu'elle et son partenaire n'avaient pas le look bénévoles, mais puaient définitivement le flic à cent mètres.

Ils étaient à l'heure et attendus. Si l'accueil des membres de l'association ne fut pas chaleureux, il ne fut pas non plus vraiment hostile. Agnès, une forte femme avec qui Alexandra avait déjà parlé au téléphone, présenta le reste de son équipe : Marc, un jeune homme très maigre à l'homosexualité affichée ; Sophie, une jolie trentenaire aux cheveux oranges ; et Biancaluna, une femme brune au regard gris qui se tenait un peu en retrait.

Alexandra se tourna pour présenter Guy, mais le trouva à l'écart, comme pris de malaise.

Il ne lui fut d'aucune aide durant l'heure de conversation qui suivit et ne posa aucune question. Avant de partir, il se contenta, comme sortant d'un songe, d'écrire au stylo son numéro de portable sur la carte du bureau que sa partenaire donna à Agnès.

De ce passage au Refuge, Guy n'allait garder qu'une image, celle d'un visage entouré d'un flou artistique, comme dans certains portraits démodés du passé. Tout le reste s'était évanoui.

De l'instant précis où il croisa le regard couleur

d'orage de Biancaluna, il ne fut plus le même homme. Étonnamment détaché du reste du monde, il sentit une vague de sensations inconnues déferler en lui. La mise au jour d'un trésor intime ignoré, d'une richesse négligée. Une révélation.

II

Biancaluna

14

Ce ne fut qu'en tournant la clé dans la serrure de son appartement que le lieutenant Cassagne revint complètement à la réalité.

Elle lui fit un singulier accueil.

Son monde avait changé ou, plus exactement, la perception qu'il avait de son monde.

Ses pas sonnaient étrangement dans le séjour obscur, le bruit de sa respiration y paraissait insolite. Guy regarda les objets familiers comme il ne l'avait jamais fait. Avec attention, avec intensité. La lampe de sa grand-mère, le bouddha d'Agnès, la grenouille en peluche de Louis qui traînait par terre, le canapé acheté par correspondance et sur lequel sa femme avait perdu les eaux le lendemain de sa livraison, sa collection de disques, les romans policiers d'Agnès, la table basse en verre dont les angles étaient recouverts de plastique depuis que Louis risquait de s'y cogner, les étagères Ikea sur la notice de montage desquelles il s'était énervé, la table en chêne trop grande qui était un souvenir d'enfance d'Agnès, le cadre à photos qui résumait huit ans de vie commune. Autant de strates de ce qu'il avait bâti, d'amers de son passé, de preuves de l'existence de sa vie, de sa famille. Guy s'assit dans la pénombre et chercha à comprendre pourquoi, cette nuit-là, tout cela, que d'habitude il ne voyait même plus, lui était douloureux.

Il n'entendit pas sa femme approcher dans le noir.

— Guy ?... Tu vas bien ?

Il sursauta et se leva d'un bond, comme pris en faute.

— Tu ne dors pas ?

— Non, je lisais... Tu viens te coucher ? Il est tard.

— J'arrive. J'ai besoin d'une douche.

Guy regarda sa montre et constata qu'il était près de 2 heures du matin. Il avait passé trois quarts d'heure sur le canapé. Il entendit Agnès faire pipi avant de se recoucher et se déshabilla lentement.

Il resta un long moment sous le jet brûlant de la douche. Puis, son pyjama enfilé, il entra sans bruit dans la chambre de son fils. Louis dormait sur le dos, la couette en boule à ses pieds. Guy s'agenouilla et posa la paume de sa main droite sur la poitrine de l'enfant pour sentir les battements rapides et émouvants de son cœur. Il remonta ensuite la couette sur son fils et déposa un baiser sur son front, sentant un bataillon de larmes se former dans sa gorge.

Dans son lit, il s'allongea sur le côté droit, le dos tourné à sa femme. Après quelques secondes, elle se colla à lui comme elle le faisait toujours quand elle avait envie de faire l'amour. Elle avait ôté sa chemise de nuit pour l'attendre et Guy sentait son ventre chaud contre ses fesses. Il ne bougea pas et exagéra sensiblement sa respiration pour simuler le sommeil. Après quelques minutes oppressantes, Agnès se dégagea et tira la couette à elle avec brusquerie.

Guy expira en silence, il ferma les yeux et se laissa pénétrer par le calme de la nuit. Un calme urbain dont lui parvenaient les échos : une ambulance qui passait au loin, un chien hurlant à la mort, une moby-lette au pot modifié, un échange de voix dans la rue et, plus près, le fond sonore des appareils électriques de son appartement.

Guy se repassa les images de sa virée nocturne que vinrent parasiter celles des squelettes déterrés. Un extrait d'une vieille chanson de Springsteen se mit alors à tourner dans sa tête. Son texte disait approximativement : « *La nuit, parfois, c'est comme si on pouvait entendre toute cette foutue ville pleurer.* »

Bien que son fils ait fait sa deuxième bonne nuit d'affilée, le lieutenant dormit en pointillés.

Un peu après 6 heures, il fut presque soulagé d'être tiré du lit par la sonnerie de son portable.

— Lieutenant Cassagne ? demanda une voix féminine un peu rauque.

— Oui.

— Biancaluna, du Refuge.

Guy en resta muet, son cœur prenant soudain trop de place dans sa poitrine.

— Je vous réveille, peut-être ?... Je voudrais vous parler... Au sujet des filles de l'Est.

— Heu... oui, bien sûr ! dit enfin le lieutenant. Maintenant ?

— Oh non ! Là, je vais me coucher. Je rentre seulement.

— On pourrait peut-être déjeuner ? proposa Guy en pensant au même moment que son beau-frère venait manger le soir à la maison.

— Plutôt dîner, si vous n'y voyez pas d'inconvénient.

— Non, pas de problème. Où ?... *La Meunière,* près de la gare ?

— J'y suis trop connue.

— Ah ! répliqua le lieutenant en pensant amèrement que, même un dimanche, personne n'avait envie d'être vu avec un flic. *L'Oriental,* place Arnaud-Bernard ?

— D'accord. À 21 heures.

Plus tard, durant le petit déjeuner, avec en fond sonore un dessin animé dégoulinant de bons sentiments devant lequel Louis mangeait ses céréales au chocolat, Guy dit à Agnès qu'il avait un imprévu pour le dîner. Habituée aux impératifs du métier de son mari, elle n'eut même pas l'idée de lui faire le moindre reproche. Pourtant, même si cet empêchement était effectivement lié à l'affaire du « tueur des chantiers », le lieutenant eut l'impression de mentir à sa femme.

Il était devant *L'Oriental* à 20 h 30. La nuit était voilée d'une bruine glacée.

Biancaluna apparut à 21 heures précises.

C'était la première fois que le lieutenant la voyait debout. Elle était petite, entièrement vêtue de noir, à l'exception d'une longue écharpe du même gris que ses yeux. Guy eut le souffle coupé quand leurs regards se nouèrent.

— Snack ou restaurant ? balbutia-t-il en montrant les deux façades de *L'Oriental.*

— Snack, répondit la femme.

Peu à leur aise, ils prirent une table dans la petite salle du snack dont la patronne vint immédiatement les saluer.

— Bonjour, lieutenant. Vous prendrez comme d'habitude ?

— Oui, s'il vous plaît.

— Pareil, dit Biancaluna.

— Un peu de vin ?

— Pas pour moi.

— Moi non plus, ajouta Guy. Une carafe d'eau.

Un ange passa. Guy cherchait comment lancer la conversation. Il dit enfin :

— Vous n'avez pas prononcé un mot hier soir.

— Vous non plus.

Du coup, l'ange revint et prit ses aises.

La patronne apporta deux salades orientales généreusement servies. Guy attaqua la sienne avec enthousiasme, mais se retrouva très vite à chipoter dans son assiette avec le dos de sa fourchette. Surpris, il constata qu'il n'avait pas faim. Une première. Il leva les yeux, tomba dans ceux de sa convive et se sentit comme transpercé. Il avala sa salive et se lança :

— Vous vouliez me parler des filles de l'Est, je crois ?

— Oui. Je les connais un peu. Pas beaucoup à Toulouse... Je ne suis pas là depuis assez longtemps, mais...

— Vous venez d'où ?

— Nice. Et l'Italie, avant. Tous les réseaux de l'Est passent par l'Italie, c'est pour ça que je me suis toujours intéressée à ces filles.

— Il y en a beaucoup, à Toulouse ?

— Difficile à dire. Mais il est clair qu'il y a un réseau qui tourne depuis quelques années. Sans doute plusieurs, en fait, dont les boss ont passé des accords... La difficulté, c'est que ces filles sont très farouches. Souvent, elles ne parlent pas français, et puis elles sont très surveillées. Pas le genre à arpenter les nuits. En tout cas, vraiment pas le genre à fréquenter le Refuge.

— Elles ont peur des représailles ?

— Elles vivent en permanence dans la terreur. Les hommes de main de leurs macs ne les lâchent pas d'une semelle et ils sont extrêmement violents.

— Est-ce qu'elles sont vraiment toutes mises sur le trottoir contre leur volonté ?

— Non, loin de là. Certaines, oui. Mais la plupart

se prostituent volontairement. Ce qu'elles gagnent est énorme pour là d'où elles viennent. C'est un rêve, pour elles. Par contre, le cauchemar, c'est comment les choses se passent ici !

— Il y a eu des disparitions, récemment ?

Biancaluna faillit répondre, mais ravala la phrase qu'elle allait prononcer. Elle hésita un peu, puis dit enfin :

— Ces filles-là ne restent jamais en place, c'est ça le problème. La France n'est qu'une étape. Elles changent de ville très souvent et sont revendues plusieurs fois au cours du voyage. Alors oui, elles disparaissent, mais ça ne veut pas dire qu'elles sont coupées en morceaux !

— Je comprends.

— À Nice, j'avais réussi à établir quelques contacts. Elles ont besoin d'aide à cause des grossesses.

— Des grossesses ?

— Oui. Autant les Africaines maîtrisent très bien la contraception et leur cycle, autant les filles de l'Est font n'importe quoi. Elles ont un rapport au corps complètement faussé, surtout si elles viennent d'une ville. Et puis, on les met souvent enceintes, aussi.

— Ça fait monter les prix ?

— Il y a des clients qui acceptent de payer triple si la fille est enceinte. Un fantasme très répandu chez les bonnes gens !

On vint retirer leurs salades à peine entamées et la patronne de *L'Oriental* regarda Guy de travers : c'était bien la première fois qu'il ne finissait pas son plat. Les tajines d'agneau aux amandes ne tardèrent pas à fumer sur la table.

Biancaluna reprit un ton plus bas :

— Lieutenant...

— Guy.

— Guy, personne ne doit savoir que nous nous

sommes revus. J'ai quitté Nice à cause de menaces de mort.

— De mort !

— Oui. J'avais aidé une pauvre fille à avorter proprement et je voulais qu'elle reparte avec moi en Italie, pour déposer chez les flics. Dans mon pays, on accueille les clandestines, on les aide, on les légalise. Ici, on les met en prison et puis on les renvoie chez elles. C'est ce qu'elles redoutent le plus. Souvent, là-bas, leurs familles ne savent pas ce qu'elles font, et de toute façon, elles sont reprises par le réseau... quand les deux ne font pas qu'un : la famille et le réseau.

— Vous avez un emploi, Biancaluna ?

— Oui.

— Et la nuit, vous aidez les filles ?

— Je dors très peu. Alors, autant que mes insomnies servent à quelque chose !

Guy resta en apnée quelques instants, bousculé par un flot désordonné d'émotions qui n'avaient rien à voir avec l'affaire en cours. Il se reprit et tenta vainement d'apprécier son plat.

— Vous devriez chercher du côté de *La Mère l'Oye*, déclara alors Biancaluna.

— La boîte de nuit ?

— Oui. Le notaire qui s'est fait tuer cette semaine, vous savez que la boîte lui appartenait ?

— Je n'ai pas trop eu le temps de m'intéresser à cette affaire.

— Les filles ne parlent que de ça, depuis le meurtre. Il paraît que des contacts se nouent par l'intermédiaire de cette boîte.

— Avec les réseaux de l'Est ?

— Entre autres. C'est ce qui se dit, en tout cas. Mais ce n'est pas tout. Les journaux ont rapporté que le type qui avait tué le notaire était arrivé en scooter BM bleu nuit.

— Et alors ?

— Alors, il y a un scooter BM bleu qui, apparemment, est célèbre dans le milieu de la nuit toulousaine. Les filles en parlent beaucoup : un maquereau, dealer sur les bords, mais qui a un peu disparu du circuit classique depuis trois ans... À vous de voir.

Biancaluna se tut et Guy la regarda avec gravité. Son visage était à la fois doux et dur, lumineux et tragique. Il portait les traces d'une grande humanité que la vie avait sans doute mise à rude épreuve.

— Pourquoi vous faites tout ça ? demanda-t-il après un moment. Pourquoi vous me racontez tout ça ?

L'Italienne hésita et avala une bouchée d'agneau fondant.

— Je viens moi-même de la rue, dit-elle finalement en regardant Guy dans les yeux. Une femme m'en a sortie. Elle est au ciel, maintenant. J'ai décidé d'honorer sa mémoire en essayant, moi aussi, de ne pas fermer les yeux.

Tous deux se fixèrent pendant un temps. Le lieutenant Cassagne sentit sa poitrine se dilater et perçut qu'il tremblait. Il se força à sourire et dit d'une voix qu'il s'appliqua à rendre légère :

— Biancaluna, c'est votre vrai nom ?

— C'est celui que je veux porter. Vous connaissez Testa ?

— Testa ?

— Gianmaria Testa, le chanteur ?

— Non.

— Un Italien. Il vient de chez moi, dans le Piémont. De Cuneo, une ville de résistants, de combattants.

— Vous êtes une résistante ?

— Une guerrière. C'est ce que la vie a fait de moi.

Guy avait du mal à respirer. Biancaluna reprit après un moment de silence :

90

— Testa a écrit une chanson qui s'appelle *Bianca-luna*, « Lune blanche ». Je l'adore.

Soudain, le visage grave de l'Italienne parut mutin. Ses yeux d'orage devinrent de chat, et sa lèvre supérieure se releva en un sourire boudeur qui dessina une petite ride horizontale à mi-chemin entre sa bouche et son nez se fronçant légèrement. D'une voix douce et joliment cassée, elle se mit à fredonner en italien le début d'une chanson à la nostalgie joyeuse.

À la fois transcendé et accablé, Guy Cassagne, cette fois, ne put refuser d'admettre plus longtemps qu'il était amoureux. Et en même temps, il comprit qu'il l'était pour la première fois de sa vie.

15

COMPLÈTEMENT effondré, Kamel rentra chez lui et fut un peu rasséréné par le tableau affligeant mais si familier qu'il y trouva : son père dans la posture qu'il ne quittait que pour prendre ses repas et se coucher la nuit – assis devant TF1, la lippe baveuse et le regard éteint.

La veille, il avait finalement succombé à la douleur et s'était évanoui à l'arrière du taxi. Le chauffeur avait eu la présence d'esprit de le déposer aux urgences, renonçant généreusement au prix de sa course et repartant sans savoir que le doigt coupé de Kamel, tombé de sa main valide, avait roulé sous le siège avant, côté passager.

Kamel n'avait repris connaissance que tôt le lendemain matin, dans une chambre d'hôpital, sa main gauche prisonnière d'un robuste bandage. Une infirmière était entrée et lui avait fait un grand sourire.

— Bonjour ! Contente de vous voir de retour parmi nous !

— Bonjour, avait répondu Kamel, l'esprit complètement embrouillé.

— Vous êtes à l'hôpital. Vous avez eu un petit problème à la main gauche. Vous vous rappelez ce qui vous est arrivé ?

Kamel s'en était aussitôt souvenu très en détail et s'était contenté de dire la vérité à l'infirmière :

— Une pince à volaille.

— Outch ! avait lâché la jeune femme en faisant la grimace. Ça a dû gâcher le repas !

Puis elle s'était tue juste avant de plaisanter sur la recette du canard au sang, se faisant la réflexion que son penchant pour l'humour était peut-être déplacé en la circonstance. Elle était sortie en disant qu'un médecin allait bientôt passer.

Kamel n'avait pas du tout l'intention de l'attendre. Il fallait au plus vite qu'il voie Sammy et qu'il se fasse pardonner de n'être pas parvenu, la veille, à empêcher les Albanais de le suivre. Il s'était levé, avait mis quelques secondes avant de trouver un équilibre précaire, avait trouvé ses vêtements, son portable, et avait filé sans demander son reste.

Dès qu'il avait été dehors, il avait allumé son téléphone. Il avait sept messages. Quatre laissés par Nicole, un, presque inaudible, de son père la veille au soir, et le dernier, plus inquiétant, de Sali. À part celui de son père, qui devait n'être sorti de sa léthargie que pour réclamer son dîner, les autres messages faisaient tous allusion à un événement dont il ignorait tout, mais qui semblait pourtant de notoriété publique.

En premier, Kamel avait tenté de joindre Sammy. En vain. Son portable était sur messagerie. Nicole, en revanche, avait décroché avant la fin de la première sonnerie :

— Kamel ! Qu'est-c'que tu branles ? J'essaye de te joindre depuis hier.

— De quoi tu parles sur tes messages ? Qui est mort ?

— Mais tu r'viens d'où ? De la planète Mars ?

93

— Fais pas chier, qui est mort, bon Dieu ?

— Malfilâtre, l'enculé de notaire. Sammy lui a logé un pruneau entre les deux yeux.

— Quoi ?

— En plein midi, devant tout le monde ! Mais t'étais où, là ?

— Je sors de l'hosto. Je... Mais pourquoi Sammy a fait ça ?

— C'est ce que tout le monde se demande ! Surtout les deux malades ! Les jumeaux sont comme des fous. Avec les macchabées qui sortent de terre comme des champignons après la pluie, ils n'avaient vraiment pas besoin de publicité supplémentaire ! Ça sent la loi des séries à plein nez. Si tu veux mon avis, Sammy est un homme mort.

— Sammy ?

— Tu crois pas que les siamois vont laisser passer ça, quand même ? Sammy a pété les plombs, il est fini. Tous les accords sont caducs, maintenant...

— Ça quoi ?

— Caducs. Annulés, si tu préfères.

— Mais alors...

— Alors, essaye de rassembler la mélasse qui te sert de cervelle ! Tu fais comme tu veux, mais moi, j'ai déjà averti les Albanais que je roulais pour eux.

— Et Sammy ?

— Réveille-toi, mon gros ! Sammy, c'est le mauvais cheval, maintenant. Là, on n'est plus protégés du tout, à poil dans la ligne de mire. Et moi, j'ai pas envie de finir la tête dans le canal et les pieds dans la Garonne... Faut qu'je te laisse, y a mon habitué de 7 heures qui monte, un employé des Postes qui ne supporte de rester assis derrière son guichet que le cul strié par mes soins. Il dit que la douleur fait passer le temps plus vite.

94

Kamel avait entendu qu'on frappait à la porte à l'autre bout du fil.

— J'arrive ! avait lancé Nicole à son client. Tiens-moi au courant, avait-elle ajouté à l'intention de Kamel, que je sache si on est amis ou ennemis. Réfléchis bien, mais réfléchis vite.

Réfléchir n'avait jamais été son fort, et Kamel se sentait complètement paniqué à l'idée d'avoir perdu la protection de Sammy. Depuis trois ans qu'il travaillait avec lui, il s'était contenté d'obéir sans se poser de questions, même lorsque l'exécution des ordres lui donnait envie de vomir, comme lorsqu'il s'agissait de livrer le corps d'une fille à Ardi et à sa batterie de tranchoirs. Sammy, aussi brutal, instable et imprévisible fût-il, n'avait jamais été injuste avec lui, et il lui avait toujours donné de quoi subvenir largement à ses besoins et à ceux de son père. Surtout, Kamel n'avait jamais pu s'empêcher de l'aimer comme un fils.

Aimer, voilà un verbe qui, du temps où il lui restait quelques neurones valides, ne faisait pas partie du vocabulaire de son père. S'il n'avait pas juré à sa mère de le protéger jusqu'à sa mort, Kamel aurait jeté le vieil ivrogne en pâture aux jumeaux depuis longtemps. L'imaginer en trois morceaux éparpillés à la périphérie de Toulouse était assez réconfortant.

Assis à ses côtés devant la télé, il regarda le profil tremblotant que lui présentait son père et pensa qu'attendre ainsi la mort n'était pas une vie. Raison de plus pour prendre soin de lui, histoire de prolonger un peu sa souffrance. La veille au soir, le vieux salaud avait apparemment eu un sursaut d'énergie en voyant qu'il n'avait pas encore dîné à l'heure du journal télévisé, mais il semblait s'être aussitôt remis en service minimum. Une journée de jeûne supplémentaire ne pourrait pas lui faire de mal, se dit Kamel en composant une nouvelle fois le numéro de Sammy.

Profondément triste, il décida que, s'il n'avait pas de nouvelles avant midi, il suivrait les conseils de Nicole et irait faire allégeance aux deux tordus.

Une, deux, trois sonneries...

Sammy vit le nom de Kamel inscrit sur l'écran de son portable et ne répondit pas. Son téléphone n'arrêtait pas de sonner depuis la veille, mais il se contentait de regarder le nom de ses correspondants sans faire le moindre geste. Les Albanais avaient déjà appelé de nombreuses fois, et toujours, Sammy tournait dans sa tête la même question : « Mais pourquoi j'ai tué Malfilâtre ? Pourquoi ? »

Il n'en savait rien, sinon que ce fumier méritait la mort, ce qui n'était pas une raison. Sammy avait toujours détesté les bonnes gens malhonnêtes. Pour lui, le crime était une vocation. On l'avait dans le sang, ou pas. On ne pouvait s'improviser malfaiteur sur le tard, simplement guidé par l'appât du gain. Ce notaire ne serait pas une grosse perte pour l'humanité, ni pour la Grande Micheline qui, à son avis, serait très heureuse de changer de registre une fois de plus : après ses triomphes passés en Dalida, Marilyn et La Callas, elle allait faire un tabac en veuve éplorée. Ce qui ne changeait rien au fait que tuer son mari était la chose la plus stupide que Sammy eût jamais faite. Un insondable gâchis, comme le reste de sa vie, pensa-t-il amèrement. À moins que, justement, ce meurtre ne fût inconsciemment un acte dont le but était de mettre fin une bonne fois pour toutes à cette vie ? Une sorte de suicide professionnel à un moment où il commençait à trouver que les choses allaient trop loin et trop vite ? Ou en tout cas à un moment où il sentait qu'il était en train de perdre le contrôle ?...

Sans même s'en rendre compte, Sammy jouait avec

une nouvelle liasse d'euros. Il prenait un billet et le pliait plusieurs fois en tentant vainement de lui donner une forme, d'en faire un bateau ou une cocotte. Il fut tiré de ses pensées par le retour du seul compagnon qu'il avait depuis la veille : un cafard gros comme le pouce qui apparaissait et disparaissait avec une déconcertante rapidité. Sammy l'avait déjà manqué plusieurs fois avec sa chaussure ; cette fois, il le mit en joue avec son revolver. La mâchoire serrée, il faillit vider son chargeur sur l'insecte, mais fut in extremis arrêté par la crainte d'attirer l'attention des voisins avec le bruit des détonations. Il se leva d'un bond et alla fouiller le placard de l'entrée.

Quand il se rassit sur le canapé, le cafard avait disparu. Il ne perd rien pour attendre, pensa Sammy en vissant un long silencieux sur son arme.

16

QUAND on clame haut et fort l'inverse depuis plus de dix ans, il n'est pas facile d'admettre du jour au lendemain que la solitude vous pèse.

La vie est drôle. Il avait fallu l'irruption de Nina pour que je commence à me regarder en face. Sans doute les vrais tournants ne peuvent-ils se prendre en douceur. Dans mon cas, il fallait juste qu'une magnifique et mystérieuse blonde se jette sous mes roues par une nuit d'hiver ! Rien que de très ordinaire !

Ma vie. Un boulot moyen, un appartement moyen, un train de vie moyen, et une existence sentimentale moy... inexistante. Bilan : très, très moyen. Et très déprimant, en réalité.

Je pensais à cela sur le chemin du retour du collège.

J'aime bien le métro de Toulouse. J'essaye toujours de me mettre dans le wagon de tête, devant la vitre, et de me laisser griser par la vitesse, les lumières qui défilent comme dans un jeu vidéo et l'apparition des stations, au loin, au bout du tunnel. Comme un gosse le ferait, je m'imagine aux commandes de l'engin. J'étais en train de me dire que ces deux fois vingt minutes de métro étaient tout ce que ma vie offrait d'exaltant quand le téléphone portable de Nina m'est revenu en mémoire.

Mémoire, justement. Messagerie, archives, textos, répertoire. Un téléphone portable n'est-il pas une petite mémoire ambulante ? Comment n'y avais-je pas pensé plus tôt ? Il y avait dans le mobile de Nina tout le nécessaire pour reconstituer le puzzle de sa personne. Ne serait-ce que les numéros de téléphone de tout un tas de personnes qui connaissaient son identité ? Personnes, d'ailleurs, qui avaient peut-être lancé un avis de recherche. Sans doute, même. Alors, pourquoi m'obstinais-je à fuir mentalement toute idée se rapportant à la police ?

J'étais de moins en moins à l'aise avec moi-même quant à mon attitude vis-à-vis d'elle. Avais-je vraiment envie de l'aider à retrouver sa mémoire, son identité, sa vie ? Oui et non. Et, dans ce non, il me fallait bien l'admettre, il n'y avait pas seulement la crainte, pour elle, du retour des violences dont son passé avait marqué sa peau. Il y avait aussi, surtout devrais-je dire, la peur de la perdre.

L'air de rien, c'était un grand pas que de parvenir à formuler ces pensées. J'étais en train de franchir plus de grands pas en quelques jours qu'en des années. Je détestais ma solitude, je ne supportais plus mon boulot, j'en avais marre de coucher avec Samira, et Nina, malgré tout, à l'encontre du bon sens, m'apparaissait comme un cadeau du destin. N'avais-je pas l'impression de vivre enfin depuis son arrivée ?

Admettre le fond de ces pensées était une chose. Séquestrer Nina en était une autre. Même si je ne voulais pas parler d'elle aux flics, je lui ai tout de même fait part de mes réflexions sur son portable dès mon retour à la maison.

— Mais le code ? m'a-t-elle aussitôt rétorqué.

J'y avais pensé, bien sûr. Il était peu probable qu'elle se souvienne de son code PIN. Sauf que ses doigts, eux, pourraient peut-être s'en souvenir. Je n'avais pas fait dix ans de piano pour rien ! Cette torture de mon enfance m'avait appris que le corps a de la mémoire. Nos journées sont pleines de gestes faits sans que l'on y pense, par automatisme, par la mémoire du corps et des membres.

— Si vous pensez à autre chose, lui ai-je expliqué, il est très possible que vous composiez le code automatiquement. C'est comme les cocottes en papier !

— Vous croyez ? a-t-elle dit avec une lueur d'espoir dans les yeux.

— Oui. Vous avez dû taper ces quatre chiffres des centaines de fois ! Vos doigts iront directement sur les bonnes touches. Essayez. Allez-y.

Nina a regardé son portable et froncé les sourcils.

— Lancez-vous, Nina...

— Je n'y arrive pas.

— À quoi pensez-vous, là ?

— À mon code.

— C'est justement ce qu'il ne faut pas faire !

— Si vous croyez que c'est facile !

— Fermez les yeux, et pensez à quelque chose de joli. Je sais pas, moi... Pensez à...

— La lune blanche qui danse derrière une fenêtre brisée.

— Heu... Si vous voulez ! Pourquoi pas ! Va pour la lune blanche.

Étonné par l'image qui lui était soudain venue, je l'ai vue fermer les yeux et tenir son téléphone à deux mains, à bout de bras, comme une baguette de sourcier. Le pouce de sa main droite a hésité, effleuré les touches... et composé quatre chiffres à toute vitesse. Le téléphone a émis un *bip* et Nina a soupiré en lisant ce qui venait de s'afficher sur son écran : « Code PIN erroné. »

— Essayez encore, Nina. Plus lentement, peut-être...

Elle a recommencé l'opération, le téléphone a émis un nouveau signal sonore, et Nina l'a jeté sur le canapé avant de partir s'enfermer dans sa chambre, les larmes aux yeux.

Elle est revenue au salon une demi-heure plus tard, revêtue de la robe qu'elle portait la nuit de son apparition. Bien que le moment ait été mal choisi, je n'ai pu m'empêcher de la trouver éperdument désirable.

— Je m'en vais, *Look*. Merci pour tout.

— Vous allez où ? ai-je demandé, sous le choc.

— Je n'en sais rien, mais je pars.

— Mais pourquoi ? J'ai dit quelque chose qu'il ne fallait pas ?

— Vous avez déjà trop fait. Vous êtes trop gentil, je ne peux pas rester plus.

— Nina, Nina. Calmez... calme-toi.

— Non, *Look*. Je coûte de l'argent, je dors dans ton lit. Ce n'est plus possible.

— Mais c'est provisoire, Nina. Le temps de...

— Le temps de quoi ?

— Eh bien... Que tu... que tu ailles mieux. Que tu...

— Et si je ne vais jamais mieux ? Si je ne retrouve jamais qui je suis ?

— Mais si. Je suis sûr que ce n'est que passager. Nina. Tout va bien. On s'en fout de l'argent, de tout ça. Je veux t'aider, c'est tout !

Elle s'est tue un instant, toujours debout, un peu tremblante.

— Reste, Nina, ai-je fini par dire d'une voix peu assurée. Reste, s'il te plaît.

Nina m'a regardé dans les yeux pour la première fois de cette conversation, et ma peau a été parcourue d'une risée d'émotion. C'est à ce moment précis que j'ai compris pour de bon que je l'aimais. Ou plutôt que je l'ai admis pour de bon.

— Pourquoi tu es si gentil, *Look* ?

Je venais de me formuler mentalement la réponse à la seconde, mais il fallait que je trouve autre chose pour la voix haute :

— C'est normal. Je ne suis pas particulièrement gentil ! N'importe qui ferait pareil à ma place.

Elle a disséqué un moment mes yeux de son regard brûlant, puis elle m'a dit en se détendant un peu :

— Je ne crois pas. Je ne crois pas que n'importe qui ferait pareil à ta place.

Cette conversation nous avait beaucoup rapprochés. Elle avait sensiblement détendu l'atmosphère entre nous, et le lendemain matin, Nina m'a déclaré qu'elle avait envie de sortir. Jusque-là, elle avait toujours refusé de remettre les pieds dehors, et si j'avais cessé de l'enfermer en partant travailler, elle n'avait jamais profité des clés que je lui laissais pour s'aventurer hors de mon appartement.

C'était un mercredi et, comme je n'avais pas cours, nous avons joué à *Pretty Woman*. Enfin... version Monoprix !

Nina a accepté que je lui offre quelques vêtements bon marché, le strict nécessaire, car ma garde-robe personnelle était vraiment trop pauvre pour nous deux. Ensuite, après avoir flâné un peu dans les rues de la ville sans qu'aucun souvenir particulier lui revienne à la vue d'un bâtiment ou d'une boutique, je l'ai emmenée dîner dans un petit resto chinois que j'adore et où je me suis rendu compte que j'étais fier d'être si bien accompagné.

De retour à la maison, il y a eu un petit flottement au moment d'aller nous coucher. La gêne de découvrir qu'une familiarité nouvelle était née entre nous. Nina a trouvé très vite comment couper court à l'ambiguïté qui commençait à s'installer.

— *Look*, au moins, laisse-moi le canapé !

— Pas question.

— Si. Reprends ton lit. Je serai très bien au salon. Ça me gêne...

— Il n'en est même pas question. Bonne nuit, Nina.

Pour la première fois, nous nous sommes embrassés, et même si ce baiser était très sage, joue contre joue, simplement pour nous souhaiter bonne nuit, il m'a troublé plus que je ne l'aurais voulu.

Cette nuit-là, le canapé m'a paru franchement inconfortable

17

— Samuel Lemarchand. Né le 28 février 1975, à Tarbes. Ses parents y tenaient un pressing. Rien à dire de ce côté-là, apparemment. Un grand frère. Clean également. Par contre, le petit Samuel est complètement braque. Incontrôlable. Il a été renvoyé de tout un tas d'établissements scolaires dès la fin du primaire, et il a fini sans succès dans une boîte à bac. En CM2, il s'est fait gauler parce qu'il vendait des photos de cul à ses petits camarades, un commerce très lucratif. Mieux : l'année suivante, il s'est fait virer pour avoir planté sa paire de ciseaux dans la main de son voisin de table qui refusait de le laisser copier pendant un contrôle de biologie. En 5e, il a été interpellé six fois pour vol à l'étalage, a été accusé d'avoir brûlé vif le caniche de ses voisins sous prétexte qu'il lui avait abîmé son gant de base-ball, et s'est fait choper un an plus tard en train de dealer du shit dans son bahut. À quinze ans, il a été accusé de viol par sa petite amie du moment, mais la famille a retiré sa plainte.

— Sympa, le gosse ! commenta le lieutenant Cassagne.

— Ensuite, il se fait oublier un peu, poursuivit

Alexandra, et réapparaît à Toulouse en 95. « Danse avec la lune » a vu juste, on dirait.

— L'appelle pas comme ça, tu veux ?

— Attends, c'est quoi ce nom, là, Biancaluna ?

— C'est tiré d'une chanson. Tu connais pas Testa ?

— Non. Je devrais ?

— Laisse tomber. Qu'est-ce que t'as d'autre ?

— 1995. Toulouse, donc. Jusqu'à il y a trois ans environ, il est connu de nos services comme mac. Plusieurs filles sur les boulevards. Il ne fait pas trop de vagues, la routine. Pas très ambitieux, le mec. Un demi-sel. Sauf que, depuis, il a laissé tomber les filles et il est devenu beaucoup plus discret, alors que son train de vie a fait un bond en avant. D'un appart minable sous les toits, il est passé il y a deux ans à un loft somptueux à deux pas du Capitole. On a perquisitionné ce matin. À part de la poudre et de la bouffe pourrie dans le frigo, il n'y avait rien chez lui qu'une grosse mare de sang séché sur le parquet.

— Du sang ?

— Ouais ! Sur le parquet, un peu sur le lit, et une belle empreinte digitale écarlate sur le montant de la porte d'entrée. C'est parti au labo.

— Et le scooter BM ?

— Il en avait bien un. Bleu nuit, comme celui vu devant le resto.

— Tout concorde, non ?

— Un scooter de même marque a été retrouvé le lendemain du meurtre pas loin du Mirail. Complètement désossé. C'est peut-être le sien. Ou pas.

— Faut absolument qu'on mette la main sur cette ordure. Paris demande des résultats...

— Tout le monde est sur le coup.

— À quelle heure on voit la veuve du notaire ?

— 15 heures. Tu sais qu'en fait de veuve, c'est un veuf ?

— Oui, oui, je connais l'oiseau.
— Un oiseau de nuit...

Guy Cassagne avait du mal à rester concentré très longtemps. Il avait un creux dans le ventre et ses pensées, malgré de réels efforts, le ramenaient en permanence aux yeux gris qui avaient changé sa vie. À ce regard qui, par contraste, semblait avoir plongé son quotidien dans la pénombre.

La veille, il avait acheté le disque de Testa et s'était passé la chanson *Biancaluna* en boucle à la maison, le cœur en charpie. Agnès avait adoré, ravie qu'une autre musique que le rock anglo-saxon intéresse enfin son mari, et, forte de ses cinq années d'italien en seconde langue, avait rapidement été capable de chantonner le titre en faisant la vaisselle. Un calvaire pour Guy qui, n'y tenant plus, était sorti sous un prétexte improvisé à la va-vite.

Une fois dehors, il avait eu l'impression d'enfin pouvoir respirer normalement. Depuis qu'il avait dîné avec Biancaluna, sa vie lui était insupportable, et il se demandait comment faisaient tous ces hommes ou femmes qui avaient une double vie. Le commissaire Torres, par exemple, était marié depuis vingt-deux ans, avait trois enfants et deux maîtresses ! Alors que lui qui n'avait encore rien fait était déjà à la torture ! Après avoir roulé sans avoir conscience de ses gestes, il s'était retrouvé dans le quartier de la gare et s'était rangé près du bus du Refuge. Il s'était senti stupide en découvrant que Biancaluna n'y était pas ce soir-là, et avait dû donner le change en posant deux ou trois questions peu pertinentes à Agnès.

De retour chez lui, il s'était couché avec une boule dans la gorge et avait simulé une fois de plus le sommeil quand Agnès l'avait enlacé.

106

— Guy ? appela Alexandra. Guy !

— Oui ? répondit enfin le lieutenant en remontant brusquement du fin fond de ses pensées.

— Plus de questions ?

— Heu... Si.

Michèle Malfilâtre leur avait sorti le grand jeu après une entrée digne des plus fameux numéros de la Grande Micheline. En noir des chaussures au chapeau, elle avait même osé la voilette en résille qu'elle n'avait soulevée qu'une ou deux fois pour laisser entrevoir des larmes impeccables.

Jusque-là, le ton de l'entrevue avait été courtois, et le lieutenant en avait assez de ce petit jeu.

— Madame Malfilâtre, puisque, comme vous nous l'avez longuement démontré, votre mari était un notaire scrupuleux et honnête, un bienfaiteur de l'humanité, en quelque sorte..., comment expliquez-vous qu'il se soit fait plomber par un proxénète notoire ?

La veuve tiqua à peine avant de répondre :

— C'est à vous de l'expliquer, non ? Et puis de nos jours, vous savez, commissaire...

— Lieutenant.

— Lieutenant..., répéta Michèle Malfilâtre avec une pointe de mépris. De nos jours, plus personne n'est vraiment à l'abri. Mon pauvre époux disait toujours...

Guy l'interrompit, excédé :

— Arrête ton cirque, Micheline. Les sentences de feu ton époux, tu sais où je me les mets. Alors, une dernière fois, qu'est-ce que Samuel Lemarchand venait foutre régulièrement dans ton bouge ?

— Je vous ai déjà dit que je ne conn...

— Sam ?... Sammy ? précisa Alexandra.

— Je ne vois vraiment pas et...

Guy se leva et s'adressa à Alexandra sans plus accorder la moindre attention à la veuve :

— Tu me fais fermer la boîte jusqu'à nouvel ordre.

107

— Mais ! tenta de s'insurger Mme Malfilâtre.

— Épluchage des comptes depuis l'ouverture, tu cuisines les habitués, les videurs, les barmen. Tu retournes la baraque à la recherche du moindre poil de cul et tu fais parler l'ADN.

— Jolie, ta dernière réplique, lui lança Alexandra une fois qu'ils furent de nouveau seuls.

— Mouais, j'en suis assez content.

— En attendant, on n'a pas grand-chose. En tout cas, rien pour notre affaire à nous ! J'ai la sale impression qu'on est en train de faire le boulot des autres, mais que personne ne fait le nôtre !

— Tu ne crois pas au lien entre la mort du notaire et la série de corps ?

— J'en sais rien. Ce qu'on a est très vague, quand même ! Je ne doute pas une seule seconde que Lemarchand et Malfilâtre aient pu magouiller ensemble, mais qui nous dit qu'il s'agissait de clandestines de l'Est ?

— C'est quand même dingue qu'on n'ait rien du tout sur ces filles ! Pas une interpellation, pas un procès-verbal !

— C'est le principe. Ces filles n'existent pas ! Elles sont hypersurveillées et très mobiles. Avec le Net, les portables et la loi Sarko, en matière de prostitution, la rue fait office d'artisanat, de nos jours... Le véritable argent est ailleurs...

Deux signaux sonores firent sursauter le lieutenant Cassagne. Il venait de recevoir un texto :

IL FAUT QUE JE VOUS PARLE.
23 H DEVANT LA GARE ROUTIÈRE ?
BIANCALUNA.

18

BIANCALUNA sortit de l'ombre sans un bruit.
Le bus du Refuge n'était pas garé loin, juste de l'autre côté du canal, et l'Italienne était venue à pied, d'une démarche silencieuse apprise par des années de nuit. Guy tressaillit en la voyant enfin devant lui. Il avait tant pensé à elle qu'il avait usé le souvenir qu'il gardait de son visage, de ses yeux. Il retomba amoureux instantanément.

— Bonsoir, Guy.

— Bonne nuit, plutôt. Vous ne sortez jamais le jour ?

— C'est normal, non, pour une lune blanche ?

Guy sourit et se sentit bien, mieux que depuis plusieurs jours, en tout cas. Son corps venait de se libérer d'un poids. Celui, accablant, du manque.

— Vous voulez qu'on aille quelque part ? Pas folichon, la gare routière, pour un rendez-vous nocturne !...

— J'ai très peu de temps, répondit la femme. On peut parler ici.

— J'ai beaucoup pensé à vous, lâcha brusquement l'inspecteur, se surprenant lui-même.

— À ce que je vous ai dit sur la nuit toulousaine ? répliqua Biancaluna avec une pointe de défi.

— Entre autres...

Une ombre passa dans le regard de l'Italienne, comme un nuage voilant furtivement la lune.

Soudain embarrassé par la tonalité trouble qu'il donnait malgré lui à cette rencontre, Guy Cassagne se força à bifurquer :

— Vous vouliez me parler ?

— Oui. Il y a cette fille...

— Quelle fille ?

— Je ne connais que son prénom. En tout cas son nom de rue : Nina.

— Une clandestine ?

— Elle venait d'Ukraine. Je ne sais pas grand-chose d'elle, juste ce qu'elle a bien voulu me raconter...

— Quel âge ?

— Je ne sais pas.

— À peu près ?

— Je ne l'ai jamais vue.

— Comment ça ?

— Tout se passait par téléphone. Un jour, elle a appelé à la permanence du Refuge. C'est moi qui étais de garde. Elle n'a pas voulu me dire qui elle était ni où elle était, mais on a parlé. Elle a refusé qu'on se rencontre. Elle m'a juste dit qu'elle rappellerait.

— Et elle l'a fait ?

— Oui. Mais la deuxième fois, c'est Agnès qui a décroché, et elle a refusé de lui parler. Elle me voulait moi. Agnès a proposé que je la recontacte, mais elle n'a pas voulu donner le numéro de son portable. La fois suivante, c'est moi qui l'ai eue. J'ai tout de suite reconnu sa voix. Un fort accent de l'Est, mais un français impeccable, un peu vieillot, même. Presque littéraire. Rien à voir avec les filles que j'avais rencontrées à Nice qui parlaient trois mots de français et quatre d'anglais...

— Et ?...

110

— Elle m'a parlé, c'est tout. Peu de ce qui lui arrivait, surtout de son passé. De sa famille, de là d'où elle venait, de sa grand-mère qui lui faisait des pliages en papier... La quatrième fois, j'ai eu le temps de lui donner mon numéro de portable. Depuis, elle m'a toujours appelée au moins une fois par semaine. Quand elle ne pouvait pas, elle m'envoyait un texto pour que je ne m'inquiète pas.

— Comment saviez-vous que c'était une prostituée ?

— On s'est connues par le numéro du Refuge, quand même... On n'est pas SOS Amitié ! Et puis, j'entendais très clairement tout ce qu'elle ne disait pas. Ce que cachaient ses mots. Sa peur, aussi.

— Ça a duré combien de temps ?

— À peu près sept mois, je pense...

— Et vous ne vous êtes jamais rencontrées ?

— Non. Déjà, vous savez, me téléphoner, c'était prendre un gros risque. Et puis, elle avait juste besoin de parler. Ces filles se sentent complètement perdues : clandestines, sans amis, harcelées en permanence. Nos conversations étaient un point de repère. Une chose à laquelle se raccrocher.

— Comme une thérapie...

— Sans doute un peu.

Guy opina machinalement de la tête. En vérité, il était en train de se demander si Biancaluna était un ange ou véritablement faite de chair et de sang. D'une beauté singulière, mystérieuse juste ce qu'il faut, des yeux à tomber en syncope, une voix qui caresse et fouette en même temps, plus d'infos dans les poches que le plus bavard des indics ! N'était-ce pas trop pour une seule femme ?

— Pourquoi vous ne m'en avez pas parlé l'autre soir ?

111

— Je ne sais pas. Je ne sais déjà pas vraiment pourquoi je vous ai parlé tout court...

— Parce que je suis flic.

— Raison de plus pour me taire ! Vous êtes de la police, et vous êtes un homme. Ça fait beaucoup pour moi !

— Merci !

— Ne le prenez pas mal, Guy. C'est juste que par le passé, j'ai appris à me méfier des deux : les policiers et les hommes. Je n'y peux rien. Faire confiance, pour moi, c'est aussi naturel que de marcher sur des braises encore rouges...

Guy ne dit rien, non pas vexé, mais troublé, avec la naissance en lui de l'envie, qu'il jugea incongrue, de protéger la femme qui lui faisait face. De lui apporter la quiétude intérieure dont elle semblait manquer cruellement.

— Mais vous me parlez quand même, finit-il par murmurer.

— J'apprends. Tout s'apprend, même la confiance...

Ils se turent un moment.

Profitant de leur silence, la nuit s'immisça entre eux, froide et hostile. Les cars au repos, tout proches dans la pénombre, semblaient des monstres endormis. Guy frissonna.

— Et vous avez appris des choses sur la vie de cette fille à Toulouse ? sur un quelconque réseau ?

— À mi-mots, oui. Elle me parlait de deux hommes qui lui faisaient peur. D'un grand logement vide, aussi, où il y avait d'autres filles comme elle. Et puis d'un troisième homme dont elle ne semblait pas avoir peur, par contre. Plusieurs fois, derrière sa voix, j'ai entendu très nettement le bruit d'un avion.

— Un quartier proche de l'aéroport ?

— Sans doute.

— Biancaluna, pourquoi vous me dites tout ça maintenant ?

— Parce que je n'ai plus de nouvelles. Bientôt un mois sans un coup de téléphone. En plus, elle a raccroché brusquement la dernière fois... J'ai peur qu'il lui soit arrivé quelque chose.

— On l'a peut-être changée de ville ?

— Elle m'aurait appelée. Elle m'aurait prévenue. Nous avions fini par être très liées, à notre manière.

— Vous avez son numéro de portable, de toute façon.

— Non. J'effaçais tous ses messages au fur et à mesure. Elle m'avait fait jurer de ne jamais essayer de la contacter. Alors, autant ne pas avoir son numéro, pour ne pas être tentée.

— C'est idiot, vous auriez...

— Guy, c'était une question de vie ou de mort ! Elle se serait fait tuer si jamais ceux qui la gardaient apprenaient qu'elle m'avait contactée. Elle me faisait confiance.

— Je comprends. De toute façon, on pourra retrouver son numéro par votre opérateur...

— Guy, il va falloir que j'y aille, maintenant.

Le lieutenant se sentit paniquer à ces mots.

— On peut se revoir ?

— Je vous ai tout dit, cette fois.

Guy ne sut quoi répliquer, mais ses yeux parlèrent pour lui. Biancaluna laissa échapper un petit soupir avant de dire :

— J'apprends, Guy... Mais il me faut un peu de temps.

Elle le fixa un moment, puis regarda le ciel en souriant.

— Regardez ! Voilà la lune blanche !

Guy leva les yeux et vit effectivement la lune apparaître au-dessus de la cime des arbres. Quand il rabaissa son regard, Biancaluna n'était plus là .

Arrivée de l'autre côté du canal, dissimulée par des bosquets, l'Italienne s'arrêta pour observer un moment la longue silhouette du lieutenant de police. Il restait là, ébranlé, flou sur ses jambes comme un marin posant pied à terre après une longue traversée.

Biancaluna se demanda ce qui lui prenait de jouer avec cet homme. Elle ne comprenait pas non plus ce qui la poussait à lui faire confiance. Sans doute ces yeux d'enfant dans ce corps d'homme, la franchise du regard dans un visage anguleux, torturé. Et la souffrance qu'elle y lisait, aussi. Pas une souffrance vécue, mais observée et comprise, intégrée à force d'être fréquentée. Pour la première fois depuis tant d'années de méfiance et de peur, elle dut admettre que cet homme la troublait profondément. N'avait-elle pas pensé à lui beaucoup plus qu'elle ne l'aurait voulu depuis l'instant de leur première rencontre ?

En approchant du bus, elle vit le manteau rouge en similicuir de Nicole qui tournait autour de la cafetière. Biancaluna pensa aussitôt qu'elle tombait bien. Parmi les prostituées, même si elle ne l'était pas en vérité, Nicole faisait un peu figure de doyenne, à Toulouse. Elle fréquentait régulièrement le Refuge, et Biancaluna appréciait son rapport au monde désabusé mais juste. Surtout, avec sa connaissance intime de la vie nocturne de la ville, elle saurait certainement quelque chose sur Nina ou sur d'autres filles de l'Est. Lui parler était un risque que l'Italienne sentait devoir prendre.

19

Une vie presque ordinaire commençait à s'installer entre Nina et moi.

Je lui laissais de l'argent le matin avant de partir au collège et retrouvais le frigo garni le soir. Elle était connue de mes commerçants habituels et s'entendait très bien avec mon copain Christian, boucher charcutier à deux pas de chez moi. Souvent, le soir, elle me préparait à dîner. Même si elle était une cuisinière très moyenne, elle se débrouillait toujours mieux que moi. Surtout, c'était délicieux de la voir s'agiter en cuisine, d'entendre mon appartement résonner d'autres bruits que ceux produits par mes propres gestes. C'était un soulagement qui me révélait combien ma vie d'avant me convenait peu.

Tel un jeune couple, nous avions de nombreuses premières fois, comme lorsque nous sommes allés à l'ABC un soir où était projeté *Certains l'aiment chaud*. Ciné, resto, une douce soirée durant laquelle j'avais eu terriblement envie de marcher en la tenant par la main.

Tout cela, bien sûr, n'était qu'apparence, jeu et mensonge. Mais Nina, je crois, avait un profond besoin de repos, tant moral que physique. Ce qu'elle endurait était si vertigineux qu'elle aurait sombré si elle n'avait pas fait un peu semblant de vivre normalement. J'étais d'ailleurs très impressionné par sa force de caractère. À sa place, je serais devenu fou depuis longtemps. Sans doute, dans sa vie d'avant, avait-elle eu un caractère bien trempé.

Comme moi, Nina essayait donc de vivre au jour le jour sans penser au lendemain, et plus le temps passait, plus, de mon côté, j'avais conscience d'avoir besoin d'elle.

Je l'aimais, et j'étais à la fois effrayé et exalté par cet amour. Lentement, je commençais à admettre que je n'avais pas du tout envie qu'elle retrouve la mémoire. C'était stupide, irréfléchi, mais irrésistible. J'arrivais à me convaincre que sa véritable identité m'importait peu, que sa vie antérieure ne me regardait pas puisque seul comptait qui elle deviendrait à mes côtés. Je me disais même, souvent la nuit quand je peinais à trouver le sommeil, que je serais capable d'aimer son enfant à venir comme s'il était le mien.

Le soir, il nous arrivait de parler longuement dans la pénombre de l'appartement alors qu'elle faisait machinalement ses petits pliages. C'était plutôt moi qui parlais, d'ailleurs. Nina adorait que je lui raconte mes souvenirs, mon enfance à Lavelanet, mes vacances à Arcachon. Ma mémoire semblait la rassurer, comme la preuve de l'existence d'un passé, même si ce n'était pas le sien. Elle aimait aussi regarder mes vieilles photos, celles du mariage de mes parents, de mon école, de la petite maison grise qu'habite encore ma mère.

Un jour que mon répondeur était en panne, elle avait décroché le téléphone et était tombée sur cette dernière. Le soir même, maman m'avait passé à la question pendant une demi-heure :

— Et il vient d'où, son drôle d'accent ?... Quel âge a-t-elle ?... Et dans la vie, elle fait quoi ?... Pourquoi tu ne me l'amènes pas un dimanche à la maison ? Ça fait longtemps que tu n'es pas venu déjeuner, d'ailleurs...

— Maman ! Puisque je te dis que c'est juste une amie que je dépanne pendant un moment !

Mais ma mère me connaît par cœur, et elle a compris à ma voix que Nina n'était pas « juste une amie ».

— En tout cas, si vous vous décidez à venir, n'oublie pas que je pars bientôt avec le club.

— Vous allez où, cette fois ?

— En Grèce.

Ma mère est une marcheuse invétérée, et elle ne s'offre qu'un seul luxe avec sa retraite de fileuse : deux semaines de randonnée par an à l'étranger.

La nuit qui avait suivi cette conversation, Nina s'était réveillée en criant vers 2 heures du matin.

Je l'avais trouvée assise dans le lit, en sueur et paniquée. Le souvenir de son cauchemar était vague, mais il y était question de gros chiens noir et rouge qui la poursuivaient dans les bois.

Après lui avoir apporté un verre d'eau, je m'apprêtais à regagner mon canapé-lit quand elle m'a demandé, encore apeurée, de rester avec elle.

Je n'ai pu retrouver le sommeil cette nuit-là, allongé sur le dos, Nina blottie en boule contre mon flanc gauche.

C'est ainsi que nous nous sommes mis naturellement à dormir ensemble. C'était à la fois bon et insupportable. Comme, les semaines précédentes, bien que très amoureux, j'avais préféré notre drôle de cohabitation à l'idée qu'elle puisse quitter ma vie, cette fois, même si j'étais fou de désir pour Nina, je m'estimais heureux de la naissance de cette tendresse platonique. Ma philosophie du moment était le « mieux que rien ».

Au collège, Marc et Liliane commençaient à trouver

117

que j'avais mauvaise mine. Comment leur expliquer que, chaque nuit, j'étais à la torture ? Que mes pulsions ravalées me faisaient mal physiquement ? Que je désirais tant Nina que je commençais à avoir du mal à pisser ?

Évidemment, cette situation n'était pas faite pour durer. C'est le passé de Nina qui l'a menée à son terme. Si douloureusement.

Nina s'était acheté une chemise de nuit très sage mais dont, un soir, elle a omis de fermer tous les boutons. Au hasard de la nuit, un sein s'est fait la belle. Comme j'étais éveillé et que, Nina ayant peur de dormir dans le noir, nous laissions la lumière du couloir allumée ainsi que la porte entrouverte, ce mouvement impromptu n'a pu m'échapper. Le sein que le faisceau de lumière dévoilait était petit, ferme, charmant, mais surtout couvert de cicatrices.

J'ai allumé la lumière aussitôt, sortant brutalement ma voisine du sommeil.

— Nina, tu ne m'avais pas dit que tu avais d'autres blessures...

Elle a baissé son regard vers sa poitrine qu'elle a cachée aussitôt.

— Nina... Il y a d'autres choses que je devrais savoir ?

Elle a hésité longuement, puis, doucement, son regard dans le mien, elle a ouvert complètement sa chemise de nuit en un tragique effeuillage. Ses deux seins étaient tailladés de coupures et, plus effrayant encore, son ventre où se voyait à peine le renflement de sa grossesse était entouré d'une cicatrice rectangulaire, comme le dessin d'un « prêt-à-découper ».

L'humain est un animal étrange que je ne suis pas sûr de beaucoup aimer. Ce que je venais de découvrir aurait dû me pousser à rentrer dans les ordres. Au contraire, j'ai réussi à occulter ces nouvelles marques de torture pour ne plus voir que sa nudité que je désirais depuis trop longtemps. La peau dorée, la poitrine animée d'un souffle court, ce que la culotte laissait voir d'une toison au blond électrisant.

Nina n'a esquissé aucun geste pour me dissimuler son corps et, quand nos regards se sont croisés, j'ai cru lire du désir dans le sien. J'en ai lu, en vérité. Lentement, allongé sur le côté, appuyé sur mon bras gauche, j'ai avancé mon visage et posé mes lèvres sur les siennes. Elle m'a rendu mon baiser et nous nous sommes embrassés passionnément. Nina m'a attrapé par les cheveux pour m'attirer vers elle, et j'ai laissé mes doigts courir sur sa peau. Elle a gémi doucement quand j'ai posé ma main fermement sur sa culotte, épousant la forme de son sexe avec ma paume. Elle m'a mordu la lèvre inférieure et, n'y tenant plus, je me suis dégagé pour enlever mon pyjama.

Quand elle m'a vu nu, elle a changé brusquement de visage. Tout désir a quitté ses traits pour laisser place à la peur. Une terreur animale s'était emparée de tout son être et elle a sauté du lit pour se blottir dans l'angle de la chambre le plus éloigné du lit, accroupie, parcourue de tremblements incontrôlés, les mains agrippées à ses cheveux, les coudes protégeant son visage. Elle hurlait.

20

À FORCE de les regarder obstinément, comme un enfant le fait des nuages dans le ciel, Sammy trouvait que les trous dans le mur offraient une combinaison étonnamment large de formes différentes.

Il avait manqué le cafard de peu, mais plusieurs fois. Et le mur du studio était constellé d'impacts. Dépité, il avait jeté son arme à l'autre bout de la pièce qui était jonchée de billets froissés en boule et s'était laissé tomber sur le canapé-lit, soudain exténué. Il avait terminé sa dernière boîte de Petit Lu la veille au matin et se refusait toujours à sortir faire des courses. L'extérieur, le vent, le ciel, les autres, le crissement des graviers sous ses chaussures, à quoi bon ?

Sammy regarda l'écran de son portable pour vérifier, comme il le faisait plusieurs fois par heure, qu'il captait bien le réseau. Il composa une fois de plus le numéro de Nina, mais tomba sur sa messagerie.

Plus personne n'essayait de le joindre depuis quarante-huit heures, et il se sentait abandonné de tous. Alors qu'il s'en réjouissait encore quelques jours plus tôt, il se répétait amèrement qu'il n'avait pas d'amis et plus de famille. Que personne ne l'aimait sur cette

Terre. Que personne, à cet instant précis, ne pensait à lui.

Sur ce dernier point, Sammy se trompait complètement. Au même moment, pas si loin que ça, on pensait beaucoup à lui.

— Samuel Lemarchand ?... Dit Sammy, ou Sam...

— Non, vraiment, je vois pas.

— Et c'est pour ça qu'on a trouvé une magnifique empreinte écarlate de ton pouce gauche sur le chambranle de la porte d'entrée de son appartement ?

Alexandra Legardinier regarda sa montre. Guy qui, d'habitude, était la ponctualité faite homme, était en retard à tous ses rendez-vous depuis quelques jours. En retard et absent une fois là. Même Torres s'en était aperçu sans qu'elle ait besoin de le lui suggérer. La jeune femme se fit la réflexion qu'à ce train-là, Biancaluna serait bien plus efficace que ses propres manigances pour pousser Cassagne à la faute.

— Bon ! Kamel, t'arrêtes de me prendre pour une conne ?

— Mais, inspecteur, je vous jure...

— J'ai de quoi te faire plonger pour un moment, tu sais ? T'as déjà un joli dossier chez nous !

— Des erreurs de jeunesse, mais là, j'ai rien fait ! Je connais pas tous les clients à qui je livre des pizzas et...

— Et c'est ton salaire de livreur qui a payé toute la drogue retrouvée planquée sous le matelas de ton père ?

— Ça m'a fait un choc, vous savez. Je savais que le vieux avait une légère tendance à la picole, mais la drogue, j'aurais jamais cru ça de lui !

Alexandra ne put s'empêcher de sourire.

121

— Et ton doigt ? Ton sang retrouvé chez ton client le mac ?

— Accident du travail...

Guy entra à ce moment-là dans le bureau.

— Désolé pour le retard, Alex. Alors ?

— Un pauvre livreur de pizzas maladroit.

— OK. Écoute...

— Kamel, précisa Alexandra.

— Kamel, on n'en a rien à foutre de toi, tu comprends ? Par contre, on peut te créer beaucoup d'ennuis si tu continues à faire le mariole. Tu nous dis où se cache Lemarchand, et on te fout la paix.

Au point où il en était, et maintenant qu'il travaillait en direct avec les jumeaux, Kamel aurait volontiers donné Sammy. Sauf qu'il n'avait absolument aucune idée de l'endroit où il se cachait. Les Albanais, avec leurs manières beaucoup moins raffinées que celles de la police, avaient déjà essayé en vain de lui soutirer cette information.

— Vraiment, inspecteur, je voudrais bien vous aider, mais je ne vois pas de quoi vous voulez parler.

— Qu'est-ce qu'on fait de lui ? demanda Alexandra à Guy quelques minutes plus tard.

— On le garde au frais encore un peu. Si on n'en tire rien de plus, on le relâche et on lui colle au train. Fais une demande de filature et d'écoute dès maintenant, ensuite on...

Le portable du lieutenant se mit à sonner.

— Allô ?

— Guy ? C'est Biancaluna.

La voix de l'Italienne était tremblante.

— Qu'est-ce qui se passe ?

Deux heures plus tard, la joue droite de Biancaluna était décorée de dix points de suture.

Guy l'avait retrouvée chez elle à 10 heures du matin en train de maintenir une compresse ensanglantée sur sa joue. Sans tenir compte de son avis, il l'avait aussitôt emmenée aux urgences où une infirmière l'avait sérieusement réprimandée d'avoir attendu six heures avant de se décider à se faire soigner.

Une bonne désinfection, un peu de couture et un large pansement avaient suffi à la remettre sur pied. Biancaluna n'était pas douillette, et elle n'était pas du genre à se laisser abattre par un coup de couteau. Déjà, elle se reprochait sa faiblesse, son moment de panique, contrecoup de l'agression qu'elle avait subie. Elle se reprochait surtout d'avoir appelé Guy au secours et s'efforçait de ne pas regarder en face les raisons véritables de cet appel. Tout comme, depuis leur rencontre, elle tentait d'étouffer son désir de faire l'amour avec cet inconnu. Un flic, qui plus est ! Et un flic qui portait une alliance. Elle qui n'avait pas permis à un homme de l'approcher depuis cinq ans, qui n'avait pas fait l'amour depuis... depuis une vie entière.

— C'est arrivé à quelle heure ? lui demanda Guy, une fois qu'ils furent de nouveau chez elle.

— À 4 heures, un peu plus. La nuit était calme et j'avais décidé de rentrer chez moi. Le bus peut être très déprimant quand il ne s'y passe rien.

— Tu as eu le temps de voir le type qui t'a fait ça ?

— Non. Il est arrivé par-derrière, très vite. Il m'a attrapée, il m'a serrée contre lui et il m'a dit : « Pour t'apprendre à ne plus te mêler de ce qui ne te regarde pas. » J'ai à peine senti la lame... Plutôt le sang chaud sur ma joue.

— Les fumiers, grogna le lieutenant Cassagne.

— J'ai juste vu son avant-bras et sa main gauche,

123

celle qui me tenait, pas celle du couteau. Ce type doit être gros, et surtout, il lui manque un doigt. Le quatrième doigt de la main gauche.

— Nom de Dieu ! s'exclama aussitôt le policier.

Le soir même, Biancaluna désinfectait avec du mercurochrome les jointures écorchées de la main droite de Guy Cassagne.

— Moi qui croyais que les policiers français étaient des gens raisonnables ! ironisa l'Italienne.

— J'avais interrogé ce fumier une demi-heure plus tôt, et j'ai horreur qu'on se foute de moi...

— De là à l'envoyer à l'hôpital !

— S'il te plaît... Je viens déjà de subir les sermons du commissaire et de ma partenaire, alors épargne-moi la leçon, tu veux ?

— Tu ne vas pas avoir d'ennuis, au moins ?

— Penses-tu. J'aurai un blâme, pour la forme, mais au fond, Torres me filerait bien une médaille.

Biancaluna regarda Guy dans les yeux. Même si elle essayait de paraître légère, elle était profondément remuée par ce qui venait de se passer. Elle était beaucoup plus habituée à se faire rosser par les hommes qu'à les voir se battre pour elle.

— Qu'est-ce que vous allez faire de lui ?

— Torres voulait qu'on lui mette tout sur le dos. Il a un besoin urgent de suspect ! Mais ce type n'est qu'un sous-fifre, et il nous sera bien plus utile dehors, sous surveillance.

— Je comprends.

— Faut pas t'inquiéter, tu sais. Il n'a rien contre toi, c'était juste un avertissement. Je peux te faire protéger, si tu veux...

— Certainement pas ! Je n'ai pas peur, tu sais.

— Je le vois bien. Mais...

124

— Non, Guy. J'ai toujours su me débrouiller seule.

Il acquiesça de la tête, se forçant à rester sur le terrain professionnel alors que ses pensées commençaient à s'égarer.

— Au fait, on a retrouvé le numéro de portable de ta Nina en passant par ton opérateur téléphonique.

— Vous avez eu des nouvelles ?

— Non, elle est sur messagerie. Alex, ma partenaire, a laissé un message. Mais on va éplucher les mouvements de sa ligne...

— C'est-à-dire ?

— Visiblement, elle n'a pas téléphoné depuis un moment, mais elle reçoit régulièrement des appels. On va surveiller les numéros entrants, mais surtout, si elle émet de nouveau, on pourra localiser son mobile.

— On peut faire ça ?

— Rien de plus simple. Les mobiles émettent en utilisant des relais installés à différents endroits d'une ville ou d'une région. Il suffit de suivre la succession des relais pour refaire le trajet parcouru par une personne au cours d'un appel !

— Qui a dit que les portables étaient la liberté ?

— Un fabricant de téléphones, sans doute ! Pour nous en tout cas, c'est une bénédiction pour coincer des suspects !

Biancaluna resta pensive un instant.

— Ça fait longtemps qu'elle n'a pas utilisé son téléphone ?

— Ton numéro est le dernier qu'elle ait appelé.

Guy vit le visage de l'Italienne s'assombrir.

— T'en fais pas, ajouta-t-il, ça ne veut rien dire. Je te tiens au courant dès que j'ai du neuf... De ton côté, t'as une idée de qui a parlé de toi à ce type ? ou plutôt à ses boss ? Pourquoi ils s'en sont brusquement pris à toi ?

— J'ai une idée, oui, mais je t'en prie, la journée a

été rude, aujourd'hui. On pourrait pas parler d'autre chose ? Tu as faim ?

Après des tagliatelles aux légumes auxquelles ils touchèrent à peine tant ils étaient bouleversés par la présence de l'autre, le lieutenant, muet d'amour, fut soudain pressé de rentrer chez lui. Il était 22 heures, et, très mal à l'aise, il pensa soudain à sa famille, à sa femme dont il fuyait le regard et à son fils à qui, ce soir-là, il n'avait pas lu l'histoire d'Albert le ver de terre.

— Promets-moi de te tenir tranquille maintenant, dit-il à Biancaluna. Laisse les flics faire leur boulot, d'accord ?

— D'accord.

— Et repose-toi un peu. Les nuits sont aussi faites pour dormir, tu sais ! Alors, laisse le Refuge de côté pendant quelque temps.

— D'accord.

Elle lui ouvrit la porte et ils échangèrent un long regard en guise d'au revoir. Guy, le cœur douloureux, fit demi-tour et commença à s'éloigner.

— Guy ?

Il se retourna et vit l'Italienne faire trois pas vers lui avant de se mettre sur la pointe des pieds. Elle déposa un baiser sur ses lèvres et rentra chez elle sans un mot.

À minuit, Nicole monta dans le bus du Refuge.

— Salut, les filles ! Eh ben, qu'est-ce qui t'arrive, Bianca, tu t'es coupée en te rasant ?

— Je peux te parler, Nicole ?

— Ouais, bien sûr...

— On sort deux minutes ?

126

Dehors, elles firent quelques pas en silence et Biancaluna finit par dire :

— Alors comme ça, tu joues dans les deux équipes ? Moi qui te prenais pour une fille comme il faut !

— Et moi qui te prenais pour une fille intelligente. Apparemment, il faut t'expliquer les choses longtemps ?

— Non, ne crois pas ça... Elles le savent, toutes tes copines, que t'es passée à l'Est ?

— Fais pas trop la maligne, ma mignonne. Tu fais pas le poids.

— Tu sais, Nicole, moi aussi j'ai appris les lois de la rue.

Nicole se précipita sur elle et la saisit par les cheveux.

— T'as pas dû retenir toutes les leçons, ma jolie.

Biancaluna se dégagea brusquement et fit face.

— Tu te bats comme une fille, Nicole. Moi, j'ai appris avec des hommes, en n'oubliant rien de ce qu'ils me faisaient. Rien.

Et l'Italienne frappa Nicole d'un direct au visage, puis d'un crochet au foie si appuyé qu'il la fit tomber à genoux. Enfin, elle lui assena un coup de pied à la face qui l'envoya au sol sans connaissance.

À une heure du matin, Guy Cassagne trempait encore sa main enflée dans la glace. Il ne sentait aucune douleur, sinon celle de son cœur. Il pensait à sa femme qui dormait dans leur chambre, à son fils qui ronflait délicatement dans la pièce voisine, aux filles de l'Est dont on disséminait les restes aux quatre coins de la ville et au baiser que lui avait donné Biancaluna. Perdu dans sa propre vie, il ne savait plus ce qui différenciait le bonheur du malheur.

Au même instant, Biancaluna pensait à lui, à ce baiser qu'elle lui avait donné comme dans un rêve éveillé, à ce qu'elle percevait grandir en elle et qu'elle croyait mort depuis tant d'années. Se sentant perdue, elle plongea sa main enflée dans la glace.

21

Plus rien n'a été pareil entre Nina et moi.
J'avais retrouvé le chemin du canapé-lit et Nina
celui de son désarroi. Une lourde gêne pesait sur
nous, un fort sentiment d'inconfort qui était la prémonition d'un événement à venir. Cette fois, le passé
de Nina s'était glissé entre nous, et il n'était plus question de se bercer de l'illusion d'une vie normale dans
ces circonstances qui ne l'étaient pas du tout. J'avais
compris que Nina ne pourrait trouver ni quiétude ni
bonheur sans savoir qui elle était. Du coup, mon
comportement jusque-là me parut absurde, égoïste et
immature. Je ne m'étais pas conduit en homme.

Dans la salle des profs, tout en feuilletant distraitement les pages société du *Nouvel Observateur,* je
commençais à me familiariser avec l'idée d'aller parler de Nina à la police quand le contenu d'un article
m'a tiré de mes pensées. Son titre était : « Vos codes
si peu secrets. » Il traitait de tous les codes personnels
que nous choisissons pour nos téléphones, ordinateurs, répondeurs, achats sécurisés en ligne, et qui
révèlent à l'échelle nationale un manque d'originalité
qui fait le bonheur des voleurs de tout poil. Par exemple, la plupart des codes d'accès aux ordinateurs des
salariés d'une entreprise tournent autour du prénom

de leurs enfants. De même, et c'est l'information qui m'a frappé, le code PIN des téléphones portables est plus d'une fois sur deux composé des quatre chiffres de l'année de naissance du propriétaire du mobile. C'était mon cas, et aussitôt j'ai pensé au téléphone de Nina.

De retour chez moi après les cours, j'ai trouvé l'appartement vide. Nina devait être sortie faire des courses, et son téléphone était sur la table basse du salon.

Quel âge Nina pouvait-elle avoir ? Plus de vingt ans, mais moins de vingt-cinq, à vue d'œil. J'ai essayé vingt-deux ans en tapant 1.9.8.1. sur le clavier du portable. « Code PIN erroné » s'est inscrit aussitôt sur l'écran. J'ai obtenu le même résultat avec 1.9.8.0., et j'ai fermé le téléphone de peur que trois tentatives de suite avec un mauvais code ne déclenchent une sécurité de plus.

Après l'avoir rallumé, j'ai décidé d'essayer vingt-cinq ans, mais 1.9.7.8. ne marchait pas non plus. Sans trop y croire, j'ai tenté 1.9.7.7., et une musique d'accueil m'a signalé que la ligne était ouverte. Nina avait vingt-six ans, et sa mémoire électronique s'ouvrait à moi dans un concert de signaux sonores. Elle avait reçu vingt messages et six textos :

LIBRE CE SOIR 19 H ? ALAN

UN AMI M'A DONNÉ VOTRE NUMÉRO. VOUS DÉPLACEZ-VOUS À DOMICILE OU SEULEMENT EN HÔTEL ?

OÙ ES-TU ? RAPP MOI VITE. NICOLE

SALUT. DE RETOUR EN VILLE. ON PEUT SE VOIR AVANT JEUDI ? MARCO

JE T'AI LAISSÉ UN MESSAGE. APPELLE-MOI. SAMMY

NOUS AVONS UN AMI COMMUN. POURRIEZ-VOUS
M'INDIQUER VOS TARIFS ?

La gorge serrée, j'ai interrogé la messagerie de
Nina. Une aimable voix pré-enregistrée a annoncé :

« Vous avez vingt nouveaux messages.
Nouveau message, reçu aujourd'hui à 9 h 12 :
Je l'ai eu. Nina, je l'ai eu ! Une balle entre les deux
yeux. Cet enculé de cafard est mort. Je l'ai eu, Nina.
Appelle-moi, s'il te plaît. Cette fois, je n'ai vraiment plus
rien à manger...

Nouveau message, reçu hier, à 23 h 31 :
Nina, c'est Sammy. Il faut que tu m'appelles, mainte-
nant. Tu dois m'appeler. Tu oublies que tu portes mon
enfant. Je ne sais pas pourquoi, mais je suis sûr que
c'est un garçon. J'ai pensé à des prénoms, il faudra
qu'on en parle ensemble. Tu sais, je n'arrive toujours
pas à faire de bateaux en papier. C'est peut-être à cause
des billets... pas terrible pour les pliages. Il faudra que
tu m'apprennes...

Nouveau message, reçu mercredi, à 10 h 53 :
Bonjour, Alexandra Legardinier à l'appareil. Je vous
appelle de la part de Biancaluna. Pourriez-vous me rap-
peler dès que possible au 06...

C'est encore moi. C'est Sammy. Je comprends que tu sois
fâchée, tu sais. Mais j'ai changé. Je te jure que je ne
suis plus le même homme. Si tu m'appelais, tu verrais
à quel point j'ai changé. Merde à la fin ! Prends ce
foutu téléphone et appelle-moi !

131

Nina. Nina... Nina ! Cette nuit, j'ai repensé à notre rencontre. Tous ces enculés ne te méritaient pas, tu sais. J'ai compris beaucoup de choses ces derniers jours. J'ai envie de changer d'air. J'ai toujours rêvé d'aller en Australie. Là-bas, on pourrait tout reprendre à zéro. Ce pays est fait pour ça ! On oublierait le passé. Nina. Nina... Nina...

Tu sais, je ne pensais pas qu'un cafard pouvait être aussi malin ! J'avais mis un morceau de biscuit au milieu de la pièce, et cet enfoiré est venu le bouffer seulement quand je me suis endormi. J'ai encore rêvé de toi, Nina. J'ai rêvé que mon téléphone sonnait. À force d'attendre, des fois, j'ai vraiment l'impression qu'il sonne et je décroche. Pourquoi tu m'appelles pas ?

Nina, c'est Nicole. Il faut que tu saches que c'est Sammy qui a déconné. C'est lui seul qui a passé ce deal. Tu devrais rappeler Sali, tu sais. Il n'est plus en colère. Lui pourrait t'aider. Sammy est hors circuit, maintenant. Tu n'as plus rien à craindre. Appelle, ma chérie. Ne fais pas de bêtises, surtout. Appelle.

C'est Sammy. Je voulais te dire que tu peux appeler jour et nuit. Mon portable reste tout le temps allumé. De toute façon, je ne réponds pas aux autres appels. Putain, encore ce cafard !...

Nina, c'est moi. C'est bon, maintenant. Je ne suis plus en colère. J'ai déconné. Mais tu comprends, ta disparition m'a foutu dans une merde noire ! Mais maintenant, ça va. Appelle-moi qu'on parle de tout ça calmement.

Qu'est-ce que tu fous, Nina ? Tu déconnes, là ! Rappelle, nom de Dieu ! Tu te prends pour qui, là ? N'ou-

blie pas que tu as été achetée pour faire un boulot. Alors, redescends sur terre, et vite !

Nina, Sali speaking. If you don't call me quickly, you're dead. Trust me, Nina, trust me. I'll find you anywhere in this fucking world. Anywhere. Call me back if you want to save your fucking life. And don't forget : if you speak to the cops, I'll kill your old grandma' with my own hands... Poor Baba Katia...

T'es où, putain ? C'est Sammy. Je te comprends pas, tu sais ! Tout se serait passé autrement si t'avais pas été aussi chiante. Qu'est-ce qui t'a pris d'appeler cette pouffiasse du Refuge ?... On aurait pu faire du bon boulot, tous les deux, mais t'as jamais voulu rien comprendre. Je te conseille vraiment de m'appeler fissa. Déconne pas, Nina. Il est pas trop tard pour sauver ton cul...

T'es vraiment qu'une connasse ! Bon Dieu, je vais te faire la peau, tu sais ! Lentement, très lentement. Cette fois, je te promets que tu vas jouir, salope ! Rappelle-moi. C'est Sammy. Tu te souviens ? SAMMY ! !

Nina. On avait rendez-vous à 22 heures et vous n'êtes toujours pas là. Je suis au bar de l'hôtel, comme prévu. J'attends encore dix minutes.

Bonjour, je m'appelle Pierre. Pourriez-vous me rappeler pour que l'on convienne d'un rendez-vous ? Mon numéro est le 06...

Nina, qu'est-ce que tu branles ? C'est Sammy, rappelle-moi vite. Ça fait cinq messages que je te laisse. N'abuse pas de ma patience, tu sais. T'as la mémoire courte, on dirait. Tu te souviens pas ce que ça coûte de se foutre de ma gueule ? Ou alors, c'est vraiment que t'y prends goût !

C'est Sammy. Les jumeaux sont furax. T'as intérêt à m'appeler vite fait. Le client a déconné, c'est un malade. Je savais pas. Mais pourquoi tu rentres pas ? Magne-toi de me rappeler.

Encore moi. T'as peut-être pas eu mes messages. T'es où, putain ? Appelle-moi à n'importe quelle heure, mais appelle.

Nina. T'as pas rappelé. Je vais t'envoyer un texto, au cas où. Magne-toi de téléphoner.

Nina, c'est Sammy. Appelle-moi vite. Très vite.

J'ai raccroché, comme à bout de souffle.

Complètement sonné, je n'arrivais pas à formuler une seule pensée cohérente. J'allais me lever pour me passer de l'eau sur le visage quand le téléphone de Nina s'est mis à sonner.

« SAMMY » était inscrit sur son écran.

22

CETTE fois, le message d'accueil si familier ne se fit pas entendre.

Le portable de Nina venait de répondre. Sammy se leva d'un bond et, affaibli par le jeûne, sentit l'appartement tourner autour de lui. Il s'appuya au canapé avant de pouvoir prononcer un mot :

— Nina ?

Il ne percevait qu'une respiration tendue.

— Nina ? C'est toi ?

— Qui est à l'appareil ? demanda enfin une voix d'homme.

— Qui êtes-vous ?

— C'est vous qui appelez ! Qui êtes-vous ?

Le ton se voulait ferme, mais Sammy perçut de la peur dans la voix de son mystérieux interlocuteur. À l'instant, son instinct de tueur reprit possession de son corps.

— Passe-moi Nina, connard !

— Mais, je...

— Ta gueule. Passe-moi Nina !

— Elle n'est... Ah, merde ! La batt... Merde !

La ligne raccrocha. Sammy recomposa aussitôt le numéro et entendit la voix de Nina : « *Salut, c'est Nina. Tout est possible après le bip...* »

— Merde ! MERDE !

— MERDE !

La batterie était faible et, après trois signaux sonores, le téléphone venait de s'éteindre.

Malgré la peur qui me serrait à la gorge depuis que la voix de mon interlocuteur était brusquement devenue menaçante, je savais que ce Sammy, si c'était bien son nom, était ma seule chance d'aider Nina à retrouver sa mémoire. J'ai donc rallumé le portable, le cœur battant, mais constatai que la batterie était trop faible pour rappeler. Elle m'a permis en revanche de prendre note du numéro du dernier appel entrant et de le composer sur le téléphone fixe de mon appartement. Sammy a aussitôt décroché.

— PUTAIN ! T'AVISE PAS DE ME RACCROCHER AU NEZ UNE FOIS DE PLUS, CONNARD ! a aussitôt hurlé la voix à l'autre bout du fil.

— Je... C'est la batterie. Vous êtes Sammy ?

— Je suis celui qui va venir te faire la peau si tu me passes pas Nina immédiatement.

— Heu... Calmez-vous ! Je... Nina va bien. Elle n'est pas là pour le moment, mais...

— Me raconte pas ta vie, tu veux ? Nina est à moi. À moi ! Alors, si tu veux pas qu'il t'arrive des bricoles, tu vas me la rendre très vite.

— Vous la rendre ? Mais c'est à Nina de décider ce qu'elle veut faire et...

— OK ! C'est comme ça que tu le prends, enculé. Eh bien, ouvre ta fenêtre, prends une bonne inspiration et regarde le soleil. C'est la dernière fois que tu le vois parce que ce soir, tu es un homme mort. TU M'ENTENDS, CONNARD ! TU ES MORT ! !

— Je... je...

— Ton numéro est affiché sur mon téléphone, abruti. J'arrive...

J'ai raccroché comme si le combiné était brûlant. Si moi-même j'en aurais été incapable, je n'ai pas douté un seul instant qu'un homme comme ce Sammy sache trouver facilement une adresse d'après un numéro de téléphone.

La porte d'entrée s'est ouverte à ce moment-là et Nina est entrée, un sac de courses à la main.

— Ça va, *Look* ? Tu es très pâle.

Je l'ai regardée un moment comme si je ne l'avais jamais vue et lui ai dit enfin .

— On s'en va. Il faut qu'on parte.

— Qu'est-ce qui se passe ?

— Je t'expliquerai en route. On va chez ma mère. Prends vite des affaires.

Nina a froncé les sourcils en restant immobile.

— Vite ! Fais ce que je te dis !

Nina s'est enfin exécutée et, de mon côté, j'ai composé le numéro de portable de ma mère. Elle était sur répondeur.

— Maman, c'est Luc. Je sais que je m'y prends un peu tard, mais j'arrive. Je viens avec l'amie dont je t'ai parlé. On se met en route dans l'heure qui suit. Je... je t'embrasse.

Le temps de jeter quelques vêtements dans un sac, et nous étions en route pour Lavelanet.

Nina a attendu que nous soyons sur l'autoroute pour me demander des explications. La mort dans l'âme, je lui ai tendu son portable. Même presque vide, sa batterie lui laisserait certainement le temps d'entendre suffisamment de messages pour que la nuit s'étende de nouveau sur sa vie.

23

Guy Cassagne quitta à regret la quiétude de ses songes.

Tout en constatant le retour immédiat de la boule qui lui nouait le ventre depuis qu'il avait rencontré Biancaluna, il prit son téléphone portable et lut sur son écran que c'était Alexandra qui l'appelait.

— Oui, Alex...

— Ça bouge, Guy. On a localisé le mobile qui n'arrête pas d'appeler le numéro de Nina. Il est dans le secteur du Mirail. Tout est en train de se relier à la vitesse grand V ! Figure-toi qu'en épluchant la ligne de ce type, on a trouvé qu'il avait Kamel dans ses correspondants habituels.

— Kamel ? Notre Kamel ?

— Lui-même.

— Ça veut dire que Kamel connaît le type qui connaît Nina ?

— Exactement.

— C'est quoi son nom, à ce type ?

— Aucune importance, sûrement un nom bidon. Par contre, lui et Kamel ont plusieurs numéros en commun dans leurs agendas.

— À propos d'agenda, tu...

— Le notaire ?

— Oui.

— On est dessus. On a déjà découvert plusieurs relations communes avec les numéros trouvés dans le disque dur de Samuel Lemarchand. Des notaires, un juge, des avocats, un antiquaire... On va aller rendre une petite visite de courtoisie à tous ces types.

— Et Kamel, au fait ?

— Il est moins con qu'il en a l'air. Cet enfoiré n'a jamais dû livrer autant de pizzas que depuis qu'on le file !

— C'est pas grave, ne le lâchez pas d'une semelle. Il finira bien par se trahir. C'est du bon boulot, Alex, j'ai l'impression que le puzzle commence à prendre forme, non ?

— Attends, tu ne sais pas le meilleur, c'est pour ça que je t'appelais, en fait : la ligne de Nina vient d'émettre.

— Ah ! Tout de même !

— Ouais ! On va affiner la recherche, mais elle est à Toulouse, dans le centre-ville.

— Génial. Il faut absolument qu'on mette la main sur cette fille. Elle est notre seul lien avec les réseaux de l'Est. Elle devrait pouvoir nous aider à raccorder tout le reste.

— Je sais, je sais... Tu viens quand au bureau ?

— J'arrive. Torres a demandé après moi ?

— Non, non, mentit Alexandra, qui venait justement de dire au commissaire excédé qu'elle cherchait à joindre le lieutenant depuis des heures.

— Parfait. J'arrive...

— À plus...

Guy reposa son portable sur la table de nuit et se rallongea. Il tourna la tête et vit que Biancaluna le regardait de ses yeux de chat. L'Italienne s'étira et demanda d'une voix enfantine :

— Tu as des ennuis ?

— Au contraire. Des bonnes nouvelles. Ta Nina est encore à Toulouse, on dirait.

— Nina ? répéta Biancaluna de sa voix redevenue normale. Elle va bien ?

— On n'en sait rien. Pour l'instant, c'est seulement son portable qui parle... Mais tout a l'air d'avancer. Il y a juste cette histoire d'appart près de l'aéroport qui ne donne rien.

— Tu sais, c'était seulement un bruit de fond, il ne faut peut-être pas...

— Si les filles sont quelque part dans le secteur de l'aéroport, on finira bien par le savoir : un appartement plein de grandes blondes qu'on sort la nuit et qu'on rentre à l'aube, ça doit quand même faire jaser dans le voisinage !

Guy se tut un moment et regarda Biancaluna.

— Tu sais que je n'ai jamais parlé de mon travail comme ça à personne ? Enfin, je veux dire à ma femme... Nous, on se connaît depuis... enfin, on se connaît à peine, et j'ai l'impression que tu en sais plus sur moi qu'Agnès. Sur moi, sur mon job... C'est troublant parce qu'en fait, ça me fait un bien fou ! Tu sais, j'ai souvent l'impression que ce boulot me ronge de l'intérieur. Je... Pourquoi je te raconte tout ça ? Je suis pas très clair, mais ce que je veux dire, c'est que je me sens plus moi-même avec toi que... que du plus loin que je me souvienne.

— C'est pareil pour moi, Guy. Tu es le premier homme que je laisse m'approcher depuis si longtemps. Le premier homme dont je n'aie pas peur, aussi. Je... Ça me bouleverse, tu sais. C'est terrible, tu...

Guy se pencha et déposa un long baiser sur les lèvres de Biancaluna. Lui qui, par le passé, n'était plus capable d'aucun geste tendre après l'amour.

— Guy, dit l'Italienne, le regard soudain grave. Je...

140

je ne te demande rien. Je ne te demanderai jamais rien. Je comprendrais que tu me dises qu'on arrête. Tu sais, il vaut peut-être mieux ne plus nous...

— Chut... chut, amour. Non, tu ne me demandes rien. Je le sais. Mais nous sommes deux, là. Tu ne m'as pas violé, d'accord ?

Biancaluna sourit.

— Je suis marié, j'ai un enfant que j'adore, et je suis fou de toi. C'est un peu... compliqué ! J'ai perdu le sommeil et l'appétit, mais bon ! Quand je pense que j'aurais pu ne jamais ressentir de ma vie ce que je ressens pour toi, je me dis que finalement, j'ai eu beaucoup de chance de croiser ton regard.

Biancaluna posa la tête sur sa poitrine.

— Mais tu sais, lui dit-elle en contenant difficilement un trop-plein de larmes, je ne suis pas un cadeau !

— Ce n'est pas mon anniversaire !

— Je t'ai dit d'où je venais et...

— Tu viens d'une ville dans le Piémont...

— Cuneo, oui, où je ne suis pas retournée depuis plus de vingt ans, justement à cause de tout le reste...

— Je me fous du reste, je me fous d'où tu viens. Moi, je vois qui tu es. Et je vois qui je deviens à ton contact. Celui que je cherchais sans vraiment le savoir depuis longtemps...

— C'est sérieux, Guy. Mon passé, mon histoire... Je n'ai pas vraiment mené la vie dont je rêvais quand j'ai quitté Cuneo... Tout ça est vraiment loin de ta jolie petite famille, c'est...

— Arrête, tu veux ?

— Guy ?

La voix de Biancaluna était soudain redevenue enfantine, fragile. La gorge du lieutenant se noua, sentant affleurer chez l'Italienne une insondable douleur.

141

— Oui..

— Ça ne te gêne pas ?

— Quoi donc ?

— Tous ces... La rue... Ma vie d'avant ?...

— Tu ne m'as jamais rien caché.

Cette fois, les larmes ne se contentaient plus d'affleurer.

— Mais tous ces hommes, Guy !

— Non. Avec aucun tu n'as fait l'amour. Avec aucun, mon amour...

Sachant qu'à cette heure-ci, il ne trouverait ni sa femme ni son fils, Guy Cassagne passa se changer chez lui avant de se rendre, plus qu'en retard, à l'hôtel de police.

Il se déshabilla et fut bouleversé de trouver le parfum de celle qu'il venait de quitter sur sa chemise. Il y plongea son visage avant de la glisser en boule tout au fond du panier à linge.

Nu dans la salle de bain, il se regarda et découvrit une marque rouge sur sa poitrine, deux petits arcs de cercle en pointillés. L'empreinte des dents de Biancaluna.

Il resta longtemps sous le jet de la douche, pensant à la rapide conversation téléphonique qu'il avait eue avec Agnès la veille au soir, alors qu'il était assis sur le bord de la baignoire de Biancaluna qui s'était endormie après qu'ils eurent fait trois fois l'amour. En quelques mots, il lui avait suffi de dire que l'enquête en cours était à un tournant pour que sa femme ne lui demande rien. C'était si facile avec son travail que Guy se dégoûtait. Il pensa aussi qu'au moment où il avait prononcé ce mensonge, Louis dormait dans son petit lit.

Sa « jolie petite famille », comme avait dit son

amante. Depuis qu'il était marié, Guy s'était toujours senti double. Le policier et l'autre. Celui qui regardait en face la saloperie du monde et l'homme ordinaire qui faisait comme si de rien n'était, qui rentrait le soir à la maison en laissant la mort sur le palier, qui avait parfois l'impression de maintenir son fils à bout de bras au-dessus d'un torrent de sang. Le flic et le père. Les deux si souvent à bout de forces. Avec Biancaluna, Guy se sentait rassemblé. Un. Homme. Un homme. Parce qu'il savait qu'elle était de taille à aimer ensemble tout ce qu'il était, il avait le courage de s'offrir tel qu'il était vraiment. De s'abandonner. Avec elle, il se sentait soulagé d'un poids dont, avant, il n'avait même pas conscience, mais qui lui pesait maintenant cruellement quand il regagnait sa vie ordinaire.

Partagé entre la culpabilité et le manque de Biancaluna qui l'assaillait déjà, il se mit à pleurer sous le jet brûlant de la douche. Guy n'avait pas versé de larmes depuis ses quatorze ans, à la mort de Marquis, son frère-chat né le même mois et la même année que lui. Pleurer lui fit du bien.

Allongée dans son lit, Biancaluna sentait encore en elle la présence de Guy. La sensation de sa verge qui rayonnait au rythme des battements de son cœur et sa semence qui s'écoulait lentement sur les draps.

L'Italienne sanglotait depuis le départ de son amant. À la fois profondément triste et intensément heureuse, elle pleurait sur les plaies de son passé autant que sur l'amour et le plaisir, deux composantes de la vie que depuis longtemps elle pensait ne plus mériter.

24

Eɴ se frottant l'épaule, Sammy regretta que Kamel ne fût pas à ses côtés.

Il avait mis dix bonnes minutes pour forcer la porte de l'appartement alors que son homme de main l'aurait défoncée d'un seul coup d'épaule.

Enfin à l'intérieur alors que la nuit tombait déjà, il trouva un tas de factures sur la console de l'entrée. Elles étaient toutes adressées à un certain Luc Destray. Sa proie.

De toute évidence, l'appartement avait été quitté en catastrophe. Le placard de la chambre était ouvert et des habits jonchaient le sol comme si on avait fait une valise à la va-vite.

Sammy entreprit rageusement de fouiller les lieux à la recherche d'il ne savait trop quoi. Il vida des tiroirs, renversa des étagères, éplucha le courrier, feuilleta un album photos. Il tomba finalement en arrêt devant un petit buffet sur lequel était posée une véritable armée de pliages en papier : des animaux de toutes sortes, des véhicules de toutes tailles, nés chacun comme par magie d'un carré de papier blanc. Nés de mains que Sammy avait tant observées qu'il sentit sa gorge se nouer à leur évocation. La lumière rouge clignotante d'un répondeur capta soudain son attention. Il appuya aussitôt sur « message » :

« *Mon chéri, c'est maman. Je viens d'avoir ton message. Tu as dû oublier que je partais avec le club aujourd'hui. Je suis à l'aéroport. Mais ça ne fait rien, tu sais où sont les clés, tu peux t'installer dans la maison avec ton amie. Bon... Faut que j'y aille, on embarque. Bon séjour. N'oublie pas que la chasse d'eau du haut marche mal. Je t'embrasse, mon chéri...* »

Sammy ramassa un répertoire qu'il avait jeté au sol quelques minutes plus tôt et chercha fébrilement la page des D. À *Destray*, il trouva trois personnes : tante Andrée, un certain Marc, et Maman, suivie d'un numéro de portable, d'un numéro de téléphone fixe et d'une adresse à Lavelanet.

Sammy poussa un râle de victoire et prit son portable.

— Kamel, c'est moi.

— Heu... Je te rappelle d'une cabine.

Le téléphone de Sammy sonna deux minutes plus tard.

— Sammy ? Mais t'es où ?

— J'ai besoin de toi tout de suite.

— Mon portable est sur écoute et j'ai les condés au cul.

— Démerde-toi. Viens me prendre tout de suite avec la voiture rue de Queven.

— On va où ?

— À Lavelanet, chez la mère d'un certain Luc Destray. Nina est avec lui.

— OK. J'arrive, Sammy... Tu vas bien ?

— GROUILLE, PUTAIN !

Kamel raccrocha le combiné, tiraillé par des sentiments contradictoires. Sammy était de retour. C'était une catastrophe, mais il ne pouvait pas s'empêcher d'être soulagé d'avoir de ses nouvelles.

Il remonta sur son scooter en jetant un regard discret à la moto de police banalisée qui le suivait depuis qu'on l'avait remis en liberté, enfila son casque et se mit à rouler le plus normalement du monde, c'est-à-dire vite et n'importe comment, tel un véritable livreur de pizzas. Il se rangea trois minutes plus tard devant la boutique de fringues de Karim, dit la Perche à cause de son mètre quatre-vingt-dix-huit, sortit une pizza de sa malle arrière, rentra dans le magasin d'un pas tranquille, donna la pizza à Karim en lui faisant un clin d'œil, sortit par l'arrière-boutique, traversa une cour pavée, escalada un muret de briques rouges, traversa une autre cour, un couloir étroit, et déboucha dans une rue passante. Là, il se mit à courir, emprunta la première à droite, la deuxième à gauche, composa le code d'entrée d'un immeuble de bureaux, prit l'ascenseur pour rejoindre le premier sous-sol de son parking, trouva un trousseau de clés caché derrière la grille d'une bouche d'aération, déverrouilla une Mercedes noire et s'installa au volant.

Hors d'haleine, Kamel se laissa aller contre le siège en cuir et tenta en vain de réfléchir calmement à ce qu'il devait faire. Il se sentait perdu, à la merci d'un courant devenu terriblement instable : sa vie. Depuis que Sammy avait tué le notaire, il avait une curieuse impression de fin du monde. De son monde. En vérité, cette impression remontait au jour de l'arrivée de Nina à Toulouse.

Décidant de s'en remettre au destin malgré la peur qui s'enroulait sournoisement autour de son corps, il envoya un texto à Sali et se mit en route vers son rendez-vous avec Sammy.

Guy était en train de coucher Louis quand son portable sonna.

— C'est qui ? demanda le garçonnet en se redressant dans son lit.

Son père décrocha en lui faisant signe de ne pas faire de bruit.

— Guy ? Alex. On a perdu Kamel.

— Quoi ?

— C'est qui ? répéta Louis.

— C'est Alex. Laisse-moi, mon chéri.

— Il a reçu un appel de Lemarchand, et il s'est évanoui dans la nature.

— Putain !

— C'est pas beau de dire *putain* ! s'exclama Louis en pouffant de rire.

— J'arrive, dit Guy à Alex.

— Non non, ça ne servirait à rien, de toute façon. Je te tiens au courant s'il y a du neuf. Reste tranquille chez toi, tu as mauvaise mine, en ce moment.

— D'accord.

Guy raccrocha et Louis fit mine de pleurer.

— Je voulais parler à tata Alex !

— C'est sérieux, Louis. C'est le travail de papa. Et il est tard, maintenant, il faut dormir.

Guy se remit à genoux près du lit de son fils et lui fit un câlin.

— Allez, bonne nuit, mon cœur. Et cette nuit, tu n'appelles pas. Tu dors comme un grand garçon, d'accord ?

— D'accord, papa.

— Tu promets ?

— Je promets, papa.

Guy se leva et éteignit le plafonnier. Avant qu'il ne sorte, Louis lui demanda :

— Papa ? Quand je serai grand, je pourrai dire *putain* ?

Guy sourit à son fils.

— Quand tu seras grand, tu pourras dire tout ce que tu veux, mon chéri. Mais pour l'instant, tu es petit, d'accord ?

— D'accord.

— Allez, bonne nuit.

Il ferma la porte et entendit Louis se parler à lui-même :

— C'est pas beau de dire *putain*. Moi, je suis trop petit pour dire *putain*. Quand je serai grand, je dirai *putain*, mais papa y veut pas que je dise *putain* parce que je suis encore trop petit...

Guy s'éloigna de la chambre et croisa Agnès dans l'entrée.

— Il faut que j'aille au bureau. Désolé. Je viens d'avoir Alex, on a un pépin.

— Tu as le temps de dîner, au moins ?

— Non. Faut vraiment que j'y aille.

Guy enfila nerveusement son holster, son blouson, et se dirigea vers la porte.

— Guy ?

— Oui ?

— Ça va ?

— Oui, oui. Juste un petit pépin au bureau ! Rien de grave.

— T'es bizarre en ce moment, tu sais ?

— Bizarre ?

— Oui. Nerveux, absent... bizarre. C'est depuis qu'on a parlé d'avoir un deuxième enfant.

Guy hésita, pris d'une soudaine envie de tout dire à sa femme, mais freiné par la peur que cet élan ne soit qu'égoïste, seulement un besoin de soulager sa conscience. Il se tut donc et esquissa un sourire maladroit avant de sortir.

— Non. Tout va bien. Juste une enquête plus compliquée que d'habitude. Et puis Torres est à cran.

Je sais pas ce qu'il a contre moi, mais il est franchement désagréable en ce moment. Je sens que je n'ai pas le droit à l'erreur.

Agnès lui sourit gentiment et Guy sortit de chez lui en se détestant profondément.

Seule dans le bureau, Alexandra Legardinier pensait à ce qu'elle venait de dire à Guy. Comme d'habitude, elle n'avait pas vraiment menti, seulement caché une part de la vérité en conseillant au lieutenant de rester chez lui alors que Torres se plaignait de ses absences. Ainsi, toujours par petites touches, depuis quatre ans, à un rythme de plus en plus soutenu, elle semait des grains de sable dans les rouages de la carrière de son supérieur.

Instinctivement, depuis le début, elle sentait que cette affaire du « tueur des chantiers » était sa chance. Comme elle avait compris seulement quelques semaines après sa nomination à Toulouse que Cassagne serait la bonne passerelle. Un très bon flic et un type bien dont elle s'était juré de prendre la place. Comme elle comptait ensuite s'attaquer à celle de Torres.

Justement, le commissaire entrebâilla la porte.

— Vous avez eu Cassagne ? Il arrive ?

— Non, commissaire, il est retenu par son fils. Une forte fièvre, je crois.

— Mais putain ! Qu'est-ce que j'en ai à foutre, moi, de la fièvre de son merdeux ?

— Ne vous en faites pas, commissaire, je suis sur le coup.

Torres la regarda en soupirant.

— Vous voulez des enfants, Legardinier ?

— Oh non ! Enfants, chats, chiens, canaris ou hommes, rien de vivant ne franchira jamais la porte de mon appartement !

— Tant mieux. Continuez comme ça et vous irez loin dans ce putain de boulot, Legardinier...

— Alex. Appelez-moi Alex, commissaire.

Le commissaire acquiesça et referma la porte.

Guy ne retrouva son souffle que quand il fut mêlé à celui de Biancaluna.

Lorsqu'il fut en elle, il ne put se retenir de sourire à l'Italienne qui lui sourit en retour. Ils avaient tous deux l'impression de revivre, d'être à la place que la vie leur avait réservée en secret depuis toujours. Enfin entiers. Ils s'aimèrent intensément, passant de la douceur à la fureur, de la lenteur à la précipitation, du murmure au cri.

Guy pensa alors à cette expression qu'il trouvait ridicule, avant, et qui prenait maintenant tout son sens, tous ses sens : *faire l'amour*. Il avait eu de nombreux rapports sexuels tout au long de sa vie d'homme, certains joyeux, d'autres ratés, d'autres encore savoureux, mais il savait maintenant qu'il n'avait jamais fait l'amour avant d'avoir goûté aux bras de Biancaluna. Pour faire l'amour, il fallait être amoureux. C'était une évidence, et pourtant...

25

NINA avait complètement disparu en elle-même.
Quand elle avait reposé le portable dans la voiture, je lui avais demandé si elle se souvenait de ce
Sammy qui lui avait laissé tant de messages, mais elle
m'avait répondu que non. La mémoire ne lui était pas
revenue à l'audition de ces échos de vie passée, mais,
tout comme moi, elle n'avait pu que comprendre ce
qu'ils révélaient.

J'essayais de me mettre à sa place, mais c'était bien
sûr impossible. Qui pourrait appréhender ce qui se
passe dans la tête d'une amnésique découvrant soudain que son passé avait dû être un enfer ?

Ensuite, Nina n'a plus ouvert la bouche et son
visage est devenu de cire. Seule une brève lueur est
apparue dans ses yeux clairs quand elle a fait quelques
pas dans la neige qui recouvrait encore le jardin de la
petite maison grise de mon enfance.

J'ai préparé la chambre d'ami pour Nina et mis de
l'eau à bouillir pour des pâtes. J'étais exténué et je
pensais que, comme moi, elle devait avoir besoin de
reprendre des forces. Elle a mangé par automatisme,
le regard dans le vide. De mon côté, j'essayais de
savoir quel effet avait sur moi la révélation des messages du portable, sur mes sentiments pour Nina, mais

je me sentais incapable d'éprouver quoi que ce fût. J'avais besoin de temps et de repos. J'ai fait une sieste et, à mon réveil, j'ai retrouvé Nina comme je l'avais laissée, assise devant la table de la cuisine, le regard dans le vide. Devant elle était maintenant posée une dizaine de pliages en papier de toutes les formes.

L'après-midi est passé, dans le mutisme et l'immobilité. Je me suis senti accablé quand la nuit a commencé à tomber, sans charme, sans effets. Irrémédiablement.

L'aiguille du compteur oscillait entre 250 et 280. Sammy avait voulu prendre le volant, et Kamel n'osait dire un mot alors que la Mercedes déchirait la nuit. Son regard passait sans cesse de la route à la mâchoire serrée de Sammy. Parfois, inquiet, il glissait un regard furtif dans le rétroviseur pour surveiller l'obscurité derrière eux.

Peu de kilomètres après avoir quitté l'autoroute, des lambeaux de neige d'un bleu électrique firent leur apparition sur les bas-côtés de la route déserte. L'horizon était maintenant barré par la masse sombre des basses Pyrénées.

— Sammy ? dit enfin Kamel.

Sammy ne répondit pas et continua à fixer la nuit.

— T'étais où, Sammy, pendant tout ce temps ? Pourquoi t'as pas répondu à mes messages ?

Le silence dans l'habitacle se fit encore plus pesant.

Soudain, une lumière vint frapper le rétroviseur central et le cœur de Kamel fit un bond.

La Mercedes roulait trop vite sur la départementale pour que la vitesse à laquelle grossissaient les phares blancs qui la suivaient fût anodine. Sammy leva son regard vers le rétroviseur puis se tourna vers Kamel avec un sourire à mi-chemin entre la condamnation et l'indulgence.

— Pourquoi t'as pas répondu à mes messages ? répéta Kamel avec désespoir.

Sammy revint à la route avec un calme glaçant.

— Pardon, Sammy ! Pardon ! Je savais plus quoi faire, moi ! Sammy ! Dis quelque chose, Sammy !

Sammy se tourna une nouvelle fois vers Kamel en mettant doucement son doigt devant sa bouche pour lui demander le silence.

La Porsche qui les suivait était maintenant très proche. Sammy enfonça brusquement la pédale d'accélérateur.

Les deux voitures fendaient la torpeur de la nuit glacée du vacarme de leurs moteurs poussés au sommet de leurs performances. À seulement trois mètres l'une de l'autre, elles roulaient à la limite de la sortie de route, coupant les virages au plus près, traversant les lignes blanches, mordant la boue des bas-côtés.

Sammy ne voulait pas poursuivre ainsi jusqu'au bout de sa course et prendre le risque de mener les jumeaux jusqu'à Nina. Décidé à en finir rapidement, il leva insensiblement le pied pour permettre à la Porsche de venir à sa hauteur.

Une longue ligne droite surplombant un dénivelé d'une dizaine de mètres se perdait maintenant dans l'obscurité totale, et la Porsche fit un brusque écart sur sa gauche pour venir se placer à côté de la Mercedes, à contresens sur la voie de gauche. Sammy tourna le visage et reconnut Ardi, seul dans la voiture. Il vit aussitôt la main droite de l'Albanais quitter le volant, ramasser quelque chose sur le siège passager, puis braquer un revolver dans sa direction. Sammy freina de tout son poids. Comme lorsque, en chute libre, un parachutiste ouvre sa toile, il eut l'impression que sa Mercedes repartait brusquement en arrière. Les bras tendus sur le volant, le corps agissant plus vite que son esprit ne pouvait le lui ordonner, il parvint à garder la voiture sur la route alors que la Porsche faisait un tête-à-queue une trentaine de mètres plus loin. Sammy prit une forte inspiration et redémarra en trombe.

Voyant la Mercedes fondre sur lui, Ardi enclencha aussitôt la marche arrière et appuya sur l'accélérateur. Bien qu'atténué, le choc des deux véhicules fut rude. Sammy, le pied au plancher, poussait la Porsche en arrière. Ardi ne put garder le contrôle que sur une vingtaine de mètres. Il finit par sortir de la route et dévala le long talus qui bordait la chaussée en faisant deux tonneaux. La Porsche tomba lourdement sur le toit dans le gué d'une rivière tortueuse.

— Va l'achever ! dit Sammy à Kamel, après avoir immobilisé son véhicule.

Kamel avala sa salive et prit une bonne inspiration pour chasser la nausée qui était montée en lui pendant la poursuite.

— Va ! lui ordonna Sammy avec rudesse.

Kamel ouvrit la portière de la voiture et sortit son revolver de son blouson.

Il faisait froid et noir. Kamel distinguait à peine la carcasse renversée de la Porsche dans le cours d'eau dont il entendait le débit. Il s'engagea prudemment dans la descente, patina dans la boue, s'écorcha les mains en voulant se rattraper aux branches d'un bosquet épineux et glissa finalement jusqu'en bas où il se retrouva assis dans la neige. Il n'avait pas lâché son revolver et se remit rapidement sur ses jambes.

Cette fois, la voiture d'Ardi était proche et Kamel entendait grincer ses roues. Il entra dans l'eau dont la froideur emprisonna ses chevilles, marcha prudemment jusqu'à la voiture et entendit gémir.

Dans le ciel, un fort vent d'altitude perça une large trouée dans les nuages et libéra les rayons d'une pleine lune blanche. La campagne se révéla aussitôt, ses contours se dessinèrent, son horizon montagneux s'esquissa, le cours de sa petite rivière s'argenta. Le visage ensanglanté d'Ardi apparut dans la nuit. L'Albanais, les mains dans l'eau jusqu'aux coudes, était en train de s'extirper de sa voiture par la vitre brisée de la portière avant.

Kamel était gaucher, mais, depuis qu'il était amputé de l'annulaire gauche, il s'efforçait d'apprendre à utiliser sa main droite. Sa première balle se perdit dans l'eau, la deuxième explosa l'épaule droite d'Ardi et la troisième lui emporta une partie du visage. L'Albanais s'écroula dans la rivière glacée qui se troubla aussitôt d'une nuée brune.

Kamel escalada avec difficulté le haut talus qui menait à la route. Essoufflé, oppressé, tremblant de froid, il marcha péniblement jusqu'à la Mercedes dont le moteur tournait toujours.

Dans la voiture, Sammy attendit que Kamel fût dans l'alignement de la portière du côté passager, en baissa la vitre électrique, tendit le bras et l'exécuta d'une balle en pleine poitrine.

Puis il se remit en route. Lavelanet n'était plus qu'à une dizaine de kilomètres.

26

ALEXANDRA Legardinier n'aimait plus la nuit.
Par le passé, elle s'en était fait une alliée, une
confidente, mais, alors que les nuages voilaient de
nouveau la pleine lune blanche qui avait percé dans
le ciel quelques minutes plus tôt, elle s'y sentait maintenant seule au-delà de ses forces.

Elle se tenait à sa fenêtre ouverte et la chaleur qui
s'échappait de son appartement matérialisait l'air du
mirage d'un rideau ondulant. En fond, Bono parlait
de « ressentir l'amour pour la première fois », et Alex
pensait à Guy. À Guy dans les bras de cette fille aux
yeux de lune, ou plus exactement à Guy entre les jambes de cette femme au nom de nuit.

Même si cette idée lui était insupportable, elle
devait bien admettre qu'elle était jalouse de ce qui
était né si brusquement entre le lieutenant et Biancaluna. Cela n'avait rien à voir avec un quelconque sentiment amoureux pour Guy – elle se savait amputée
depuis longtemps de toute capacité à l'amour –, mais
simplement, tragiquement, pensa-t-elle, à une insondable lassitude d'être seule. Son corps aussi la trahis-
sait. Parfois, de plus en plus souvent, elle se sentait
exaspérée de ne savoir vivre qu'avec elle-même, écœu-
rée de se retrouver chaque matin au réveil, de se pré-

parer à manger, de s'acheter des vêtements, de regarder un film, de se parler à voix haute... Mais comment fait-on pour vivre quand on n'aime pas les femmes et qu'on a appris à détester les hommes ?

Sentant que ses pensées allaient l'entraîner vers sa jeunesse, vers sa mère, son père, ses beaux-pères et son frère, elle ferma la fenêtre, fit taire U2 et se força à réfléchir à son travail. À ce métier qu'elle avait choisi par ambition, pour le pouvoir qu'il lui donnait sur les gens ordinaires et qui faisait d'elle une femme différente, trop avertie pour s'essayer de nouveau au bonheur. Elle pensa aussi à ces filles martyrisées, à cette enquête qui ne ressemblait à aucune autre et dont l'indéniable avancement la laissait perplexe.

C'était exactement comme un puzzle que l'on entame par les bords, par le ciel d'un bleu sans repères pour, petit à petit, presque sans s'en rendre compte, finir par dessiner ce qui est en son cœur.

Les corps avaient été laissés de côté. Ces têtes, ces mains et ces pieds tranchés, ces os révélés par des chantiers, ces plaies faites à la terre. Ces cadavres avaient-ils vraiment un rapport avec la mort de Malfilâtre ? Avec Samuel Lemarchand ? avec les « amis » communs du notaire et du mac, ces notables qu'Alex commençait sans trop y croire à interroger un à un ? avec Kamel ou l'introuvable Nina ? avec toutes ces pistes satellites, ces pièces bleues qui, mises bout à bout, formaient finalement un ciel de nuit profonde ? Alexandra en doutait. Le chemin suivi par Guy était logique, mais fragile. Il était une intuition, et si cette dernière était fausse, ces semaines d'enquête seraient un épouvantable fiasco dont il ne se relèverait pas.

La jeune femme savait que cette fois il suffirait d'un rien, d'un infime coup de pouce pour que chute le lieutenant Cassagne et qu'elle récolte enfin le fruit de ses patientes manigances.

Alexandra éteignit la lumière du salon et se coucha sans même se déshabiller. Fatiguée et se sentant effroyablement seule, elle pensa à Guy et à Biancaluna, elle s'imagina Agnès consolant seule les cauchemars de Louis, puis elle se demanda où pouvait se trouver Nina, cette inconnue susceptible, comme lorsque l'on va à dame, de changer la face du jeu qu'était devenue l'affaire du « tueur des chantiers ».

Debout derrière la fenêtre du salon, Agnès Cassagne regardait la lune disparaître derrière les nuages. Elle venait de calmer Louis et sentit monter en elle la certitude qu'elle n'aurait jamais d'autre enfant de Guy. Elle n'osa pas encore formuler cette pensée, mais flirta un instant avec la prémonition qu'elle était en train de perdre son mari.

Au même instant, Guy osa pour la première fois effleurer mentalement l'idée du divorce. Subjugué par la rapidité du chemin qu'il était en train de faire, il sentit un vide se creuser instantanément dans son ventre. La peur. Celle de faire souffrir Agnès et celle, terrible, de ne plus être là tous les jours pour Louis. Pour l'aimer, l'accompagner, le protéger. La peur de ne plus le voir chaque soir en pyjama. S'apaisant un peu, il pensa également que l'heure de payer pour ses erreurs finissait toujours par venir et qu'il était temps pour lui de ne plus se laisser guider par ses peurs. Lui vint alors à l'esprit l'évidence de sa rencontre avec Biancaluna. Et il se dit qu'il n'était pas donné à tout le monde de naître une seconde fois.

Allongée à ses côtés, Biancaluna se sentait heureuse pour la première fois depuis l'enfance. Elle aimait l'homme qui venait de lui faire l'amour et désirait vieillir à ses côtés. Pourtant, un poids oppressait sa poitrine, telle une prémonition. Elle croyait aux signes, et quand, par la fenêtre, elle vit le ciel se refermer sur la lune, elle eut envie de pleurer.

Malgré ma fatigue, je ne pouvais trouver le sommeil. Nina était dans la chambre voisine, et mes pensées étaient d'une telle intensité qu'elles me tenaient éveillé.

Je n'étais plus habitué au calme de ma maison d'enfance et, presque oppressé par le silence, j'avais fait le point sur ma vie. Alors que, par la fenêtre, je voyais la lune disparaître derrière les nuages, j'ai pris la décision de me déclarer à Nina dès le lendemain matin. J'allais lui dire qu'elle était la femme de ma vie, que je ne pouvais plus vivre sans elle et que je me sentais assez fort pour l'aider à cohabiter avec son passé.

C'est alors que j'ai été tiré de mes pensées par un bruit au rez-de-chaussée. Un bris de verre, puis des pas, quelques secondes plus tard.

27

Sᴀᴍᴍʏ avait attendu que la lune soit de nouveau voilée pour courir vers la maison grise.

Le jardinet n'était pas grand, mais complètement à découvert. Une Golf bleue était garée à l'arrière, près d'une porte vitrée qui donnait sur la cuisine. Sammy enroula son poing droit dans la manche de sa veste et brisa l'une des vitres de la porte qu'il déverrouilla ensuite en passant lentement sa main à l'intérieur. Il patienta quelques secondes, n'entendit aucun bruit dans la maison, et se décida à entrer.

La première chose qu'il vit fut les pliages en papier laissés sur la table de la cuisine. Il sut alors qu'il avait vu juste. Il n'en avait jamais douté, d'ailleurs, se sentant doué d'un infaillible instinct de chasseur depuis que le numéro de Nina avait répondu.

Assis dans mon lit, le sang battant mes tempes, j'étais paralysé comme quand, enfant, je m'inventais des monstres tapis sous mon lit. Mais cette fois, les bruits dans la cuisine n'étaient pas une invention. Quelqu'un venait bien de pénétrer dans la maison et je savais qu'il s'agissait de l'homme qui m'avait menacé de mort au téléphone le jour même.

L'homme sorti du passé de Nina comme d'un cauchemar.

J'avais toujours eu conscience de mon manque de courage, mais, à cet instant précis, je commençais à trouver que le mot *lâcheté* pouvait me faire un parfait deuxième prénom. J'avais envie de me blottir sous les couvertures et de fermer les yeux très fort en attendant que le jour se lève. Comme si ma peur de la nuit trouvait enfin sa signification.

— Nina... ? j'ai murmuré à l'adresse du mur mitoyen avec la chambre d'ami. Nina ?...

Quoi, Nina ?

Est-ce que j'allais appeler Nina au secours, alors que je l'aimais et que sa vie autant que la mienne était en danger ?

Je me suis enfin décidé à sortir de mon lit en maudissant ma vieille maison d'enfance : finalement, il n'y a pas que dans les films que les planchers grincent au mauvais moment...

Sammy s'immobilisa en entendant un bruit à l'étage. Une latte de parquet avait grincé, une autre l'imita aussitôt. On marchait dans la pièce se trouvant exactement au-dessus de la cuisine.

Il vit une porte ouverte sur ce qui devait être un couloir, dans lequel, à l'évidence, se trouvait l'escalier qui menait à l'étage. À pas rapides mais silencieux, il sortit de la cuisine et glissa comme une ombre jusqu'au pied de l'escalier en bois.

Il se sentait bien, mieux que depuis longtemps. Entier : à la fois plein de haine et d'amour. Nina était toute proche, quelque part à l'étage, et plus rien ni personne ne pourrait le priver d'elle plus longtemps.

Sammy savait qu'avec lui la mort était entrée dans cette maison. Entrée par effraction.

Je me suis immobilisé sur le palier, en haut des marches. Je n'entendais plus un bruit et commençais à penser que j'avais rêvé. À vrai dire, j'essayais de m'en convaincre, sans grand succès. La peur était en moi. Elle était devenue moi. Mon cœur était douloureux tant il battait fort dans ma poitrine, et une fulgurante migraine s'est emparée de ma tête, me faisant grimacer de douleur. À cet instant précis, j'aurais vendu ma propre mère pour être ailleurs, pour être un autre. Pourtant, j'ai descendu une première marche et me suis figé, à l'écoute.

Sammy tendit l'oreille après avoir gravi une première marche. Rien. Pas un bruit. Un silence épais et vibrant. Il posa son pied droit sur la marche suivante et serra les dents en l'entendant grincer.

La deuxième marche de l'escalier. Depuis toujours je savais qu'elle grinçait comme les genoux de la tante Andrée ! À l'âge de quatre ans, j'avais appris à l'éviter pour que ma mère ne m'entende pas, le soir, venir dans le vestibule écouter clandestinement la télévision. Un poids d'homme venait de peser sur cette marche, puis de nouveau le silence, seulement troublé par mon souffle court.

Je me suis forcé à compter jusqu'à trente avant de descendre une marche de plus.

À trente, Sammy monta sur la troisième marche. Avait-il rêvé ? Avait-il imaginé les bruits de pas à l'étage ?

L'obscurité était d'encre dans la cage d'escalier malgré une fenêtre qui ne laissait entrer que l'opacité de la nuit. Sammy sortit lentement son revolver de sa poche et gravit deux marches d'affilée.

Deux marches plus bas, j'ai fait une nouvelle pause. J'étais essoufflé comme si je venais de courir un sprint, tellement tendu que mes muscles me faisaient mal. C'est alors qu'une lumière blanche est entrée brusquement dans la maison, sans doute une trouée dans les nuages passant devant la lune. À seulement six marches au-dessous de moi, une silhouette est apparue quelques secondes, comme un flash, comme un rêve.

Moi qui pensais connaître la peur depuis qu'un intrus était dans la maison ! Ce n'était rien en regard de l'étau qui venait d'emprisonner mon corps et mon âme. Moi, Luc Destray, petit professeur de collège en Z.E.P. à Toulouse, j'étais face à face avec un homme armé dans une cage d'escalier qui fut immédiatement replongée dans le noir le plus complet.

Mon cerveau s'est mis à fonctionner mieux qu'il ne l'avait jamais fait. À moins que cette fois ce ne fût mon corps qui prît le commandement. Comme une huître qui se rétracte sous la morsure du citron, il se révoltait contre la mort qui le chatouillait déjà. J'ai bondi en avant sans même m'en rendre compte.

Sammy n'eut pas le temps de véritablement voir une silhouette qu'une masse plus sombre encore que l'obscurité de la cage d'escalier le percuta de plein fouet. Il se sentit tomber en arrière, cogner contre le mur et s'écraser au sol, sur le carrelage glacé du couloir du rez-de-chaussée.

Sans écouter sa douleur fulgurante, il se dégagea en râlant du poids qui pesait sur lui.

Mon genou et mon poignet gauche me faisaient mal à hurler mais je n'ai pas eu le temps de m'attarder sur ces douleurs ; l'homme qui était sous moi m'a propulsé en arrière avec violence, ma nuque a heurté la dernière marche de l'escalier et j'ai manqué perdre connaissance. Dans le noir, j'étais partagé entre l'excitation et la terreur, les deux animales. J'ai entendu mon adversaire râler et deviné qu'il était en train de se relever. Je me suis secoué pour en faire de même et j'ai perçu le vent d'un coup de poing passer au ras de mon nez. Je me suis aussitôt rué en avant, un peu au hasard, et j'ai percuté l'intrus de tout mon poids en poussant un cri étouffé.

Sammy recula sous l'assaut mais ne sentit aucun mur le retenir. Il partit en arrière et, lâchant son arme, s'écroula dans un fracas de chaises.

Mon menton a heurté durement la table de la cuisine alors que mon agresseur tombait en entraînant une chaise. J'ai entendu un bruit métallique et compris que le revolver avait glissé dans un coin de la cuisine. Quelque chose m'a fauché aux jambes alors que je me relevais en m'appuyant à la table.

Sammy entendit le corps de Destray chuter lourdement au sol et il se mit à chercher son revolver. À quatre pattes, il tâtait le carrelage froid et encaissa soudain un coup de pied au flanc gauche. La douleur irradia dans tout son corps et, furieux, il se remit brusquement debout. L'horloge digitale de la cuisinière était la seule source lumineuse de la pièce. Elle lui suffit pour deviner le visage de son opposant, souligné de vert. Il arma son poing et toucha au but. Au bruit, il estima que le nez était cassé.

Du sang a aussitôt jailli de mon nez et j'avais si mal que j'ai senti des larmes inonder mes yeux. Je titubais sur place quand, brusquement, deux mains m'ont saisi à la gorge. J'ai essayé de me dégager, reculant pour finalement me trouver bloqué par le plan de travail. Par réflexe, j'ai agrippé les avant-bras de mon agresseur. Ses mains ont renforcé leur pression et la panique m'a gagné. J'avais mal et l'air commençait à me manquer.

Sammy serrait de toutes ses forces, galvanisé par les râles de Destray qui suffoquait. La mort était son alliée, elle passait lentement mais sûrement de ses bras au corps qu'il tenait à sa merci. Sammy regrettait seulement que la pièce fût plongée dans l'obscurité tant il aurait voulu voir s'éteindre les yeux de sa victime.
Soudain, l'éblouissement.

J'ai mis quelques instants avant de comprendre ce qui se passait. La lumière venait de s'allumer et quelqu'un hurlait. Alors que j'étais en train de faiblir, j'ai repris mes esprits pour voir Nina, à l'entrée de la cuisine, les yeux écarquillés et la bouche grande ouverte. Elle poussait un long cri qui paraissait ne jamais vouloir finir. Mon adversaire, aussi surpris que moi, en a été comme paralysé et a relâché sa pression sur mon cou. J'ai compris à l'instant que c'était ma dernière chance de sauver ma vie. Concentrant le peu d'énergie qui me restait, j'ai logé le plus violemment possible mon genou entre ses jambes. Il a râlé et m'a libéré. Sans perdre une seconde, je me suis tourné sur ma droite, j'ai attrapé à deux mains le manche de la plus grande des casseroles en cuivre de ma mère et ai frappé de toutes mes forces.

Il s'est écroulé comme une masse.

Il fallait que je m'assoie. Mon corps entier me faisait mal : ma gorge, ma nuque, mon genou, mon poignet certainement cassé et mon nez qui me lançait au rythme des battements de mon cœur. Je ne devais pas être beau à voir.

Immobile à l'entrée de la cuisine, les yeux fixés sur Sammy, Nina n'avait pas fait un geste. Sa bouche était restée ouverte, mais plus un son n'en sortait.

J'ai soudain eu peur que mon adversaire reprenne conscience malgré le sang qui couvrait la moitié de son visage. Si l'école de voile d'Arcachon à laquelle ma mère m'inscrivait de force tous les étés avait été l'un des cauchemars de mon enfance, au moins j'y avais appris à faire des nœuds.

J'ai trouvé une longue corde à la cave et j'ai ligoté solidement Sammy à un pied de la table après avoir vérifié avec soulagement que son cœur battait toujours.

Entre-temps, Nina s'était assise, la tête entre les mains, les coudes posés sur la table.

— J'appelle la police ! lui ai-je dit en décrochant le téléphone mural.

Je n'avais pas encore composé le 1 du 17 que Nina s'est mise à parler pour la première fois depuis notre arrivée chez ma mère :

— Attends, *Look*. Attends...

J'ai suspendu mon geste. Nina me regardait.

— Je me souviens. Je sais qui je suis...

III

Oksana

28

Je m'appelle Oksana Dostenko. Je suis née le 2 juillet 1977 à Ivano-Frankivsk, en Ukraine. C'est une petite ville de province ; environ deux cent cinquante mille habitants, dans le vieux centre historique, mais surtout en périphérie, dans des barres d'immeubles délabrés comme le nôtre.

À la maison, on parlait l'ukrainien, et le russe à l'école puisque c'était obligatoire jusqu'en 1991. Je n'avais que quatorze ans à la fin 91, quand il y a eu l'indépendance, et mes meilleurs souvenirs datent d'avant, quand il y avait papa et maman, avec un métier chacun. On n'avait pas beaucoup d'argent, mais on était encore une famille normale. Il y avait aussi Artem, mon petit frère, avec qui je ne m'entendais pas bien, et ma grand-mère Katia.

Elle seule me comprenait vraiment, parce que nous étions pareilles. Tout le monde me trouvait renfermée alors que j'étais simplement une enfant sérieuse. On me disait prétentieuse alors que j'étais seulement en avance sur mon âge, caractérielle parce que j'étais franche, angoissée alors que je n'étais que lucide. C'est vrai que j'étais différente des autres enfants. Mais ce que je voyais du monde depuis ma petite vie ne me poussait pas à l'insouciance. Nous étions bien, à la maison, mais je savais que l'existence n'était pas facile. C'était écrit dans le regard de ma grand-mère, dans ses mains, dans sa démarche à la fois volontaire et fatiguée. C'était gravé dans la tristesse de ma mère et le silence de mon père. Très tôt, alors que je n'étais qu'une enfant, j'ai eu envie de protéger mes parents, de les aider, de les soulager d'une partie de leurs problèmes. De les rendre plus heureux.

À l'école, j'étais toujours la meilleure sans avoir besoin de beaucoup travailler. Il me suffisait de lire les choses une seule fois pour les retenir. Baba Katia me disait toujours que j'irais loin, avec mes yeux clairs et ma mémoire ; que j'aurais un beau métier qui me ferait voyager à travers le monde et qu'à l'étranger je trouverais un gentil mari. J'y pensais souvent, le matin, en traversant le terrain vague pour aller en classe. Ça me faisait envie, mais aussi un peu peur. Je n'avais que rarement quitté ma ville, et même si, avec le recul, je sais que notre appartement était trop petit et inconfortable, c'était chez moi et je m'y sentais en sécurité. Je voulais bien d'un gentil mari étranger, mais seulement s'il était d'accord pour que ma grand-mère vive à la maison et dorme dans mon lit, comme à Ivano-Frankivsk.

J'ai trois grands souvenirs de cette époque : la boxe, le tir aux rats et les cocottes en papier.

Artioucha, mon petit frère, était jaloux de tout, et principalement de moi. Il pouvait être vicieux quand il s'y mettait, et il adorait me donner des coups de pied en douce dans les chevilles. Comme je répliquais toujours d'une gifle au-dessus de la table, c'était sur moi que tombaient les punitions ou les coups de torchon de mon père. Fatiguée de nous voir nous chamailler sans arrêt, Baba Katia, un jour, nous a attrapés par les oreilles, nous a traînés dans la cage d'escalier jusqu'à l'esplanade devant l'immeuble et nous a dit de régler nos comptes une bonne fois pour toutes dans les règles de l'art. J'ai compris avant Artioucha ce qu'elle voulait dire, et j'ai envoyé un coup de poing dans le nez de mon frère. J'ai vu aussitôt ses yeux se remplir de larmes, mais il a reniflé et m'a frappée au ventre de toutes ses forces. Les voisins se sont rapidement regroupés pour nous regarder boxer et, avec notre grand-mère pour arbitre, nous nous sommes battus jusqu'à l'épuisement. J'étais la plus grande, mais Artioucha était un garçon : il n'y a pas eu de vainqueur, et nous avons tous les deux fini dans la salle de bain, hilares, Baba Katia soignant nos visages meurtris.

— J'espère que ça vous servira de leçon ! nous a-t-elle lancé.

Nous avons répondu oui sans mentir. À partir de ce jour, au moindre désaccord, mon frère et moi nous défiions l'un l'autre de « descendre », à la manière des duellistes des romans du passé. Il nous arrivait même de nous inventer des sujets de dispute pour le simple plaisir de descendre boxer. Nos combats étaient devenus célèbres dans le quartier, et nos voisins, depuis leurs fenêtres d'où ils ne manquaient pas un round, avaient pris l'habitude de parier de l'argent sur leur issue.

Après le combat à mains nues : le tir. Avant l'indépendance, j'aimais bien la formation militaire du dimanche matin. Pas l'instruction politique, qui était ennuyeuse, mais le maniement des armes. Surtout les kalachnikov. J'étais déjà grande pour mon âge, et assez forte pour bien tenir le fusil. Je tirais mieux que la plupart des garçons du quartier parce que j'aimais vraiment ça. Toucher au but me donnait une drôle de satisfaction, une impression d'ordre et de pléni-

171

tude. Je me débrouillais pas mal non plus au pistolet et il m'arrivait de sortir au coucher du soleil et d'aller m'entraîner sur les rats d'une décharge qui se trouvait à dix minutes de marche de la maison. Pour ça, j'empruntais en cachette le vieux pistolet de grand-père que Baba Katia avait gardé en secret. Ce que j'adorais, c'était tirer les rats juste à la nuit tombée, quand leurs yeux brillaient dans la lumière de la torche électrique.

Mais quelqu'un m'a dénoncée à la milice, et ma grand-mère m'en a beaucoup voulu quand ils lui ont confisqué le vieux Nagant de Died Vania.

L'hiver, comme il faisait trop froid pour jouer dehors, Baba Katia m'apprenait à faire des pliages en papier. Elle savait tout faire, et elle n'avait même pas besoin de regarder ses mains. Moi, je les observais sans arrêt, toutes vieilles mais tellement agiles encore. Des animaux en papier, des avions, des bateaux, des bonshommes, il y en avait partout à la maison, même que ça énervait mon père. Mon frère aussi. Et comme il n'était même pas capable de faire un bateau, il écrasait volontairement mes « œuvres ». Un grand nombre de combats de boxe ont démarré comme ça.

Les pliages, c'était comme regarder la neige tomber dehors : ça aidait à réfléchir calmement. Ma grand-mère ne parlait pas beaucoup, mais elle disait tout avec ses yeux, et quand elle souriait parce que j'avais réussi une poule ou un avion, elle ressemblait à une petite fille. On entendait le son de la télévision dans la pièce d'à côté, avec de temps en temps la voix de papa, de maman ou de mon frère, et je me sentais bien.

Maman était postière. Elle s'appelait Irina. Elle n'a jamais connu l'indépendance. Elle est morte dix mois avant, d'une attaque au cerveau. Elle n'avait que quarante-deux ans. Baba Katia a fait une étoile en papier doré ce jour-là et, ensemble, en pleurant sans bruit, on l'a accrochée au plafond avec un fil et une punaise, pour qu'elle pende devant la fenêtre de la cuisine et que, la nuit, maman brille toujours dans le ciel.

Timofeï, mon père, ne s'en est jamais remis. Ce n'est pas qu'il était très amoureux, mais il était habitué. L'habitude, c'était sa manière à lui d'aimer. Il s'est mis à boire, et c'est devenu pire quand il a perdu son emploi quelques mois après l'indépendance. Il travaillait dans une usine soviétique de télévisions qui a fermé très vite à cause de la concurrence des produits occidentaux.

Artioucha a commencé à mal tourner quand il a eu treize ans. Papa ne s'occupait plus de rien, et c'était moi et ma grand-mère qui tenions la maison. Sauf que mon frère refusait de nous obéir et qu'il traînait dehors au lieu d'aller à l'école.

C'est comme ça qu'il a rencontré Pavel Gorboun, un homme d'une trentaine d'années qui lui a donné, comme à d'autres jeunes de son âge, des petits jobs sur les marchés semi-légaux. Les « affaires » occasionnelles sont devenues plus ambitieuses et, rapidement, mon frère a gagné plus d'argent que mon père avec son chômage, ma grand-mère sur les marchés ou moi avec les ménages que je faisais le soir après les cours. Il est devenu arrogant, se prenant pour l'homme de la maison, surtout quand Baba Katia a fait la bêtise d'accepter son argent à un moment particulièrement difficile. Ensuite, il s'est mis à nous offrir des cadeaux, tous les gadgets occidentaux qui étaient en train d'envahir le pays. Ce n'était pas pour nous faire plaisir, mais plutôt pour nous humilier. Un soir, il est rentré à la maison avec un gros carton. C'était un « cadeau » pour papa : une énorme télé Sony, exactement le type de produit qui avait mis mon père au chômage.

Je n'ai commencé à vivre pour moi-même que quand je suis partie à Kiev. Avec l'aide d'un de mes anciens maîtres d'Ivano-Frankivsk qui, appuyé par ma grand-mère, avait réussi à convaincre mon père, j'ai pu m'inscrire à l'université. J'ai fait des études de français et d'anglais, et aussi de kinésithérapie. J'étais surtout bonne en langues, à cause de ma mémoire et des films de mon petit ami Sacha.

Je n'étais pas amoureuse, mais c'était bon de l'avoir. Il avait dix-neuf ans, il portait de grosses lunettes et m'arrivait à l'épaule, mais il était très gentil et incollable en cinéma.

Il avait monté un ciné-club amateur à l'université et, sans que personne arrive à savoir comment, il se débrouillait pour avoir des copies de films américains. Toujours doublés en français et sans sous-titres. Il y avait une projection publique tous les vendredis soir, mais pour moi, autant de projections privées que je le voulais. C'est comme ça que j'ai vu des classiques hollywoodiens presque tous les jours et que j'ai fait de gros progrès en français.

J'ai vraiment eu un coup de foudre pour *Ninotchka*. Pas pour le film qui, côté caricature de l'Union soviétique, était vraiment ridicule par rapport à ce qui se tournait depuis toujours chez nous, mais pour Garbo, bien sûr. C'était la première fois que je la voyais et elle m'a tout de suite fascinée. Et puis l'histoire de Nina Yakushova ressemblait aux rêves sentimentaux que faisait Baba Katia pour moi. Je suis sûre qu'elle m'aurait bien vue tombant amoureuse de Melvyn Douglas à Paris !

J'ai regardé ce film plus de vingt fois, je pense. Sacha n'en pouvait plus, mais il était très amoureux.

Tout en continuant les langues, j'ai fait plusieurs petits boulots à Kiev. Serveuse, le plus souvent. Je gagnais très peu d'argent, mais comme les parents de Sacha nous logeaient gratuitement, j'arrivais à en mettre de côté pour Baba Katia quand je rentrais à la maison, un week-end sur deux.

La vie a duré comme ça pendant un peu plus de trois ans. Sacha parlait de plus en plus souvent de mariage, et j'ai fini par le présenter à mon père et à ma grand-mère. Ils l'ont trouvé charmant, mais, une fois seule avec moi, ma Baba Katia m'a demandé si je l'aimais vraiment.

— Il est gentil, j'ai répondu.

— Tu ne réponds pas à ma question ! Je ne te parle pas de gentillesse ou de politesse... Je te parle d'amour.

— Je l'aime bien.

— Alors, ne te marie pas. La vie peut être très longue avec quelqu'un qu'on aime *bien*. Un jour, tu aimeras tout court. Peut-être pas bien, mais vraiment. Et il te suffira d'un regard pour le savoir.

Je n'ai pas eu le courage de rompre avec Sacha. Seulement de faire traîner.

À Ivano-Frankivsk, Pavel Gorboun, le boss de mon frère, commençait à me tourner autour. Je savais que j'étais jolie, sans doute plus que la plupart des autres filles, mais je n'en tirais aucune fierté. Ma mère avait toujours été très belle, ce qui ne l'avait pas empêchée de mourir pauvre et mal habillée. Pavel, lui, devait trouver que j'allais bien avec ses costumes et sa grosse voiture. Il voulait me sortir en boîte, au restaurant, mais je n'aimais ni ses manières ni ses dollars dont il était si fier. Un samedi soir, le jour de mes vingt-trois ans, il a essayé de me coucher de force sur la banquette arrière de sa voiture, mais je l'ai griffé jusqu'au sang.

175

Deux samedis plus tard, je l'ai trouvé à la maison en train de parler à ma grand-mère. Il y était question d'une opportunité unique, d'un ami à lui qui cherchait d'urgence une secrétaire bilingue prête à se déplacer dans les Balkans. Sans les bonnes connexions, il n'y avait aucun débouché en Ukraine, et Baba Katia m'a dit qu'il serait idiot d'avoir fait toutes ces études pour rien. Elle m'a rappelé nos conversations dans la cuisine, quand j'étais petite et que la neige tombait derrière la fenêtre ; cette confiance qu'elle avait toujours eue en moi, en mon avenir. Elle m'a dit aussi qu'elle avait besoin, pour une fois, qu'un de ses rêves se réalise.

J'ai regardé papa et il a dit oui, les larmes aux yeux. C'est ce jour-là que j'ai compris qu'à sa manière, il m'aimait vraiment.

Mon frère a baissé les yeux quand j'ai dit à son boss que j'acceptais sa proposition. Naïve, j'ai cru que c'était parce qu'il était triste de me voir partir à l'étranger.

Pavel m'a donné rendez-vous dès le lendemain matin parce que la route était longue.

— Et pour l'argent du voyage ? a demandé mon père.

— On verra ça plus tard, a répondu Pavel en souriant, quand la petite aura un salaire. D'ici là, je m'occupe de tout... Ça me fait plaisir.

Je n'ai même pas eu le temps de dire au revoir à Sacha.

29

ÇA tient à peu de chose, la vie. Il aurait suffi que mon réveil ne sonne pas, ce matin-là, ou que je ne l'entende pas, comme ça m'arrivait souvent. Plus simplement, il aurait suffi que j'écoute mon intuition, que je n'aille pas à ce rendez-vous, et à l'heure actuelle, je serais à la maison, avec Baba Katia et papa. Je travaillerais sans doute sur les marchés, je ferais des ménages, je serais serveuse... Ou alors j'aurais épousé Sacha, et je trouverais la vie longue à ses côtés. N'importe quoi qui aurait fait de moi une femme ordinaire, pauvre et heureuse sans le savoir.

Au lieu de quoi je me suis réveillée à 3 h 30 du matin avec la certitude, même si je ne m'en souvenais plus précisément, d'avoir fait un cauchemar, moi qui, avant, ne faisais toujours que des rêves agréables. Ma grand-mère aussi avait mal dormi, et elle m'a rejointe dans la cuisine.

— Tu peux encore rester, si tu veux, m'a-t-elle dit.

— Le rendez-vous est à 5 heures, j'ai encore le temps.

— Non, je veux dire rester vraiment ! J'ai fait un drôle de rêve, ma chérie. J'ai un peu peur de ce grand voyage.

Je mourais d'envie de rester pour de bon, mais j'ai répondu :

— C'est une chance qui ne se représentera pas, Baba. Et puis je pourrai vous envoyer la moitié de mon salaire ! Tu te rends compte, tout cet argent dont a parlé Pavel !

— Je n'aime pas cet homme.

— Moi non plus, mais regarde, au fond, il a toujours aidé Artioucha !

— Il l'a changé, aussi.

— C'est le monde qui a changé, Baba. Nous, les jeunes, on n'en veut plus de la vie que vous avez menée. Tu sais, j'en connais plus d'une qui rêverait d'être à ma place !

J'essayais de me convaincre moi-même. Je connaissais des filles de mon âge qui auraient été ravies de quitter l'Ukraine pour l'étranger, mais de moins en moins depuis que l'Occident ne faisait plus rêver grand monde. En tout cas pas moi, et à cette seconde, face aux doutes de ma grand-mère, j'ai vraiment été sur le point de renoncer. Mais j'ai pris sur moi, en me disant qu'il était temps d'avoir le courage de devenir une femme.

Devenir une femme ! C'est presque comique, avec le recul...

Même si l'air était glacé, il avait déjà un parfum de printemps. Mon sac de vêtements à l'épaule, j'ai marché d'un pas rapide jusqu'au lieu de rendez-vous, partagée entre l'excitation et l'inquiétude. À cause de l'heure matinale, j'avais le sentiment exaltant d'être seule au monde.

Pavel avait prévu une sorte de minibus, et j'ai été surprise de découvrir que trois femmes attendaient déjà près du véhicule. Je pensais voyager seule, mais

178

en fait, nous étions six passagères. Avant que l'on se mette en route, Pavel nous a demandé de lui confier nos passeports pour qu'il puisse s'occuper des formalités aux douanes.

Nous avons quitté Ivano-Frankivsk à 5 heures précises. Plein ouest.

Le temps que le jour se lève, pas un mot n'a été échangé dans le véhicule. Olga, la plus jeune d'entre nous, s'était endormie sur mon épaule. Elle avait dix-sept ans, et Ludmila, la plus âgée, vingt-huit.

C'est elle qui a rompu le silence la première, en demandant à Pavel dans quelle direction nous roulions.

— La Hongrie, lui a-t-il répondu sans quitter la route des yeux.

Puis elle s'est présentée et a demandé nos noms à toutes. Je me souviens d'avoir trouvé étrange que notre groupe soit composé de personnes aussi différentes qu'une ancienne institutrice, une serveuse, une étudiante ou une femme de ménage. Ce qui aurait surtout dû me choquer, mais à quoi je n'ai absolument pas pensé sur le moment, c'est qu'il n'y avait que des femmes.

Les signes ont été nombreux de ce qui nous attendait. Je n'en ai vu aucun.

Comme moi, l'étudiante espérait un poste de secrétaire pour une organisation travaillant avec l'OTAN. Olga, elle, était attendue en Italie pour y devenir baby-sitter, et Pavel avait promis à Ludmila un emploi de serveuse dans un bar à la mode près de Sarajevo où son salaire serait six fois supérieur à celui qu'elle rece-vait ici pour le même travail.

Les deux autres filles ne disaient pas un mot, et j'ai

179

vu plusieurs fois que Pavel les surveillait du regard dans son rétroviseur.

Le temps passait lentement dans le minibus qui ne roulait pas vite. Après avoir traversé les contreforts des Carpates, nous avons fait une halte à Moukatchevo. Pavel était de bonne humeur. Il nous a offert à manger dans un petit restaurant où il semblait être connu et il nous a expliqué que nous avions à peu près trois jours de route pour atteindre Belgrade, notre première véritable étape. D'ici là, pour les nuits, tout était prévu chez des amis qui attendaient notre venue.

Les douaniers de la frontière hongroise ont à peine regardé nos passeports, et Pavel leur a donné une enveloppe.

Deux kilomètres plus loin, il s'est arrêté en pleine campagne. Nous avons attendu un peu plus d'une heure, et une voiture est enfin arrivée. Elle est repartie après que trois hommes en sont sortis, deux Serbes et un Albanais. Pavel nous avait expliqué que nous attendions des « amis » qui avaient besoin de se rendre en Serbie pour leur travail.

Ils sont montés dans le minibus et nous sommes repartis en direction de la frontière serbe, cette fois, en passant par Debrecen, où nous avons fait une courte halte.

À Szeged, la ville hongroise qui marque la frontière avec la Serbie, Pavel est descendu du minibus en laissant le moteur tourner. L'Albanais lui a donné une enveloppe en échange de nos passeports, et il s'est éloigné sans même nous dire au revoir. Étonnée, j'ai regardé les autres filles, et l'une des deux qui ne disaient pas un mot a essayé de me faire comprendre quelque chose du regard. Elle me montrait la portière près de laquelle j'étais assise comme pour me signifier de sortir au plus vite. Mais l'Albanais s'est alors installé derrière le volant.

— Il va où, Pavel ? j'ai demandé.

Pour toute réponse, j'ai entendu le bruit sec du verrouillage central des portes et un nœud s'est formé dans mon ventre. Soudain, la maison me semblait loin. Terriblement loin.

L'Albanais a redémarré, et nous avons passé la frontière aussi facilement qu'entre l'Ukraine et la Hongrie.

Enfin à Belgrade, le minibus a mis le cap sur la ville neuve.

On nous a séparées. Les deux silencieuses et l'étudiante ont été débarquées au pied d'un immeuble neuf, et Olga, Ludmila et moi avons été installées dans un deux-pièces délabré, au neuvième étage d'une barre depuis laquelle nous avions une vue plongeante sur un paysage qui ressemblait à celui que j'avais si souvent regardé depuis la fenêtre de la cuisine de mon enfance : un mélange de bâtiments gris, de terrains vagues et de chantiers à peine sortis de terre.

Les Serbes qui nous ont fait entrer dans l'appartement ne nous ont pas dit un seul mot et sont sortis en fermant à clé derrière eux.

J'ai rapidement fait le tour des lieux pour constater qu'il n'y avait aucune autre issue. Pas de téléphone non plus. Une forte angoisse s'est emparée de moi et je me suis mise à faire les cent pas pour m'aider à réfléchir.

— Arrête de tourner en rond, a fini par me dire Ludmila.

— Mais pourquoi ils nous ont enfermées ?

— T'occupe ! m'a répondu la serveuse en inspectant la petite cuisine. Regarde, il y a même de la bouffe et de la bière !

Heureusement, car nous sommes restées enfermées pendant quatre jours sans nouvelles de nos « accompagnateurs ». Ludmila essayait de jouer les dures, mais je voyais bien qu'elle était aussi inquiète que moi.

— Pourquoi ils ont gardé nos passeports ? j'ai demandé une autre fois.

— Tu fais chier, là ! m'a-t-elle répliqué. T'es flippante, à la fin !

Olga fumait cigarette sur cigarette, et elle s'est mise à boire trop de bières une fois son dernier paquet terminé.

Nous avons fini par ne plus nous parler, tant nous étions sur les nerfs. La nuit, chacune sur un matelas à même le sol, nous écoutions en silence les bruits de l'extérieur. L'immeuble était très sonore et on entendait des éclats de voix au-dessus et en dessous, le son de postes de télévision, de radios, de courses dans les escaliers, des portes qui claquaient et, une nuit, un bruit sec qui, j'en étais sûre, était un coup de feu.

Il y avait une pile de vieux journaux dans un coin de la pièce principale et, pour me calmer un peu, je me suis mise à faire des pliages. Ludmila a haussé les épaules en me voyant et Olga a voulu que je lui apprenne.

À la fin de notre séjour dans cet immeuble, elle savait très bien faire les lapins.

Les trois hommes de la voiture sont enfin réapparus, accompagnés d'un quatrième, un Bosniaque, comme je l'ai compris plus tard.

Aussitôt, j'ai demandé pourquoi on ne nous avait pas rendu nos passeports.

— Ta gueule ! m'a répondu en russe le nouveau venu.

Puis il nous a dit, à toutes :

— Déshabillez-vous, maintenant. Montrez-nous la marchandise...

30

C'ÉTAIT ce que je redoutais sans le savoir. Pas ce qui allait vraiment m'arriver ensuite, mais que ces hommes qui nous emmenaient « gratuitement » là où nous attendaient nos emplois veuillent une compensation pour leurs efforts. J'étais loin, bien sûr, de m'imaginer la vérité. Elle est inimaginable. Il faut l'avoir vécue pour y croire. Et encore...

Olga a ri bêtement, un peu ivre des bières qu'elle avait bues. Ludmila a soupiré, déjà résignée à payer son voyage. Évidemment, de nous trois, c'est moi qui ai protesté, en russe, puisque c'est dans cette langue qu'on nous avait ordonné de nous déshabiller :

— Ça va pas, non ? Va te faire...

Une gifle m'a fait taire, si violente que je me suis retrouvée par terre. Malgré mon oreille qui bourdonnait, j'ai entendu qu'Olga se mettait à sangloter. Puis j'ai vu que Ludmila commençait à se dévêtir.

Une fois la stupeur passée, j'ai senti une violente colère déferler en moi. Je me suis levée d'un bond pour sauter sur celui qui venait de me frapper. J'ai réussi à lui donner un coup de poing à la tempe, mais il s'est dégagé rapidement et m'a cognée si violemment dans le ventre que j'en ai eu le souffle coupé. Je suis tombée à genoux, et l'un des Serbes s'est approché pour me gifler de toutes ses forces. Je me suis une nouvelle fois affalée sur le sol, le goût de mon sang dans la bouche.

— Arrête de pleurnicher, toi ! a crié l'un des hommes à Olga.

J'ai entendu le bruit sec d'une gifle et un nouvel ordre :

— À poil ! Magnez-vous, maintenant ! Et toi aussi, connasse !

Cette dernière phrase était pour moi, comme me l'a prouvé le coup de pied au ventre que j'ai reçu aussitôt.

Même si je l'avais voulu, j'étais trop sonnée pour obéir. L'un des Serbes m'a relevée de force et a commencé à me déshabiller avec l'aide d'un de ses complices. Ils m'ont enlevé mon pull sans que j'aie la force de réagir, ils ont déchiré mon chemisier, puis ils se sont attaqués à mon pantalon. Je portais un jean moulant, et cette fois, je me suis mise à donner des coups de pied dans tous les sens alors que le Serbe me tenait par-derrière, ses bras passés sous mes aisselles.

Le Bosniaque s'est exclamé quelque chose dans sa langue avant de parvenir à me saisir les deux jambes. Un autre s'est approché et a déboutonné mon jean. Je poussais des cris de rage, mais je n'arrivais pas à me défaire de leur emprise. Ils ont tiré d'un coup sur mon pantalon et je me suis retrouvée en sous-vêtements.

Enfin, ils m'ont lâchée. Olga et Ludmila étaient nues à mes côtés, essayant de cacher leurs seins et leur sexe avec les mains.

— Tu termines toute seule ou il faut encore qu'on t'aide ? m'a lancé l'Albanais.

Je lui ai craché au visage et, les mâchoires serrées,

il s'est avancé, m'a attrapée par l'épaule et m'a lancée contre le mur. Ma tête a porté, et un rideau noir est tombé devant mes yeux.

Je n'ai dû perdre connaissance que quelques minutes. J'étais entièrement nue quand je suis revenue à moi. Allongée au sol. Olga et Ludmila, elles, étaient rhabillées. L'un des hommes m'a jeté mes vêtements en m'ordonnant de me revêtir. C'est là que j'ai vraiment eu peur pour la première fois. S'ils n'avaient pas abusé de nous, c'est qu'ils avaient d'autres projets en tête que simplement « s'amuser » avec trois filles de passage.

J'avais envie de pleurer mais je me suis retenue. Si je n'avais pu éviter que ces hommes me voient nue, au moins, je me refusais à ce qu'ils me voient en larmes.

Olga, Ludmila et moi avons été séparées. Dans la nouvelle voiture que conduisait le Bosniaque, j'ai été un peu rassurée en entendant parler de la Bosnie et de Sarajevo. Les ONG, les casques bleus... Je m'approchais enfin de mon poste de secrétaire bilingue.

Mais la voiture n'a pas été loin. Elle s'est arrêtée à seulement quelques kilomètres de Belgrade, dans une banlieue désertique, devant une maison à moitié en ruines éloignée de tout voisinage.

Ils m'ont immédiatement conduite à la cave. Le sol était de terre battue, il y faisait froid au point que de la buée sortait de ma bouche à chaque respiration, et seul un matelas crasseux était posé au sol.

— Bon ! a dit le Bosniaque. J'espère que tu vas te calmer, maintenant. On va seulement t'apprendre le métier. Tu verras, c'est simple. N'importe qu'elle connasse sait écarter les jambes.

Comprenant aussitôt que, cette fois, ils allaient vraiment abuser de moi, je me suis précipitée vers l'escalier de la cave. L'Albanais m'a rattrapée sans peine, m'a saisie par les épaules et m'a forcée à faire face à son complice. J'ai vu le poing fondre sur moi et j'ai à peine eu le temps de sentir la douleur que j'avais perdu connaissance une nouvelle fois.

J'ai mis de longues minutes à retrouver complètement mes esprits, comme au sortir d'un rêve profond.
J'ai d'abord entendu des sons répétitifs, étouffés. Puis une sensation de lourdeur sur mon corps, et une douleur dans le ventre. Enfin une odeur écœurante et aigre, mélange de sueur et de mauvaise haleine. J'ai ouvert les yeux et, bien qu'encore flou, j'ai reconnu le visage de l'Albanais tout près du mien, son souffle chaud près de ma bouche. Il était sur moi. Il était en moi. Il me forçait en râlant, pesant de tout son poids. Aussitôt, j'ai voulu me dégager, mais j'ai senti une vive brûlure sur mes poignets. Mes mains étaient attachées par une corde à un tuyau qui courait le long du mur, mes bras à moitié tendus derrière ma tête.
L'homme était trop lourd pour que je parvienne à me libérer de son emprise. Il m'a souri, m'a léché la joue, et a accéléré le rythme de ses allées et venues.
Enfin, il a joui en poussant un râle plus aigu, et je n'ai pas su me retenir de sangloter.
Il s'est retiré aussitôt, a remonté son pantalon, et il est sorti de la cave.

Ce n'est qu'une fois seule que j'ai senti la douleur irradier sur mon visage. Mon œil et ma pommette me brûlaient là où le poing s'était abattu. J'avais aussi l'horrible sensation d'avoir encore le sexe de mon violeur en moi. J'ai tiré sur mes liens de toutes mes forces, ne parvenant qu'à me blesser les poignets. Folle de rage et de dégoût, je me suis mise à hurler jusqu'à ce que ma gorge me brûle.

Quand j'ai cessé, épuisée, j'ai entendu des pas descendre l'escalier de bois qui menait à ma prison. C'était le Bosniaque, cette fois.

— Tu peux crier tant que tu veux, ma jolie. Il n'y a personne pour t'entendre, par ici.

Il s'est approché de moi, a ouvert sa braguette et a enfilé un préservatif. J'ai tiré sur mes liens dans tous les sens, ne parvenant qu'à m'agiter sur place, en vain.

— Tu as tort, tu sais ! Si tu te calmais, peut-être que tu trouverais ça bon !

Il s'est approché encore et j'ai essayé de l'en empêcher en donnant des coups de pied dans le vide en hurlant. Il a fini par peser sur mes jambes et s'asseoir à califourchon sur mes hanches.

— T'es une sauvage, toi. C'est bien... Je sais ce que tu aimes.

Il m'a giflée, puis une nouvelle fois sur l'autre joue, du dos de la main, me blessant avec sa chevalière. Il a continué ainsi plusieurs fois, jusqu'à ce que les murs de la cave tournent autour de moi.

Je n'ai pas vraiment perdu connaissance, mais j'étais tellement étourdie que je n'ai pu l'empêcher de me saisir les chevilles et de m'écarter les jambes. Il m'a pénétrée avec une telle violence que j'ai cru me déchirer de l'intérieur.

Quand il en a eu fini, j'avais si mal que je me suis évanouie.

Je me suis réveillée en pleine nuit. Perdue. Il m'a fallu quelques secondes pour me souvenir du lieu dans lequel j'étais. Les contours de la cave sont réapparus petit à petit, mes yeux s'habituant à l'obscurité. Il y avait une lucarne au-dessus du matelas dont la vitre était à moitié brisée. Un premier quartier de lune était visible dans le ciel étoilé.

Je me suis mise à pleurer comme une enfant. Pour un peu, j'aurais appelé Baba Katia.

Il faisait jour quand j'ai rouvert les yeux. Ce sont des bruits de pas qui m'ont réveillée. Nombreux au-dessus de ma tête, sur le plancher du rez-de-chaussée de la maison. J'étais certaine qu'il y avait plus de deux hommes et, rapidement, l'un des Serbes qui m'avaient conduite jusqu'à l'appartement de Novi Beograd est descendu dans la cave. Je me suis recroquevillée sur le matelas, paniquée, mais sans un mot, il a détaché mes liens et m'a dit de le suivre. J'ai eu du mal à me relever, engourdie, les jambes et le bas-ventre douloureux. J'ai pris soudain conscience que je tremblais de froid.

J'ai gravi l'escalier en me tenant au mur pour déboucher dans la cuisine où se trouvaient l'Albanais, le Bosniaque et l'autre Serbe.

— Prends un café, m'a dit le Bosniaque en me désignant un réchaud sur lequel était posée une casserole fumante.

Il faisait bon dans la maison et il y avait du pain sur la table. J'ai déjeuné au milieu de mes bourreaux, entièrement nue, souillée, meurtrie.

J'ai pu aller aux toilettes dont la lucarne était protégée par des barreaux.

À côté de la cuisine, il y avait une salle de séjour ne comportant qu'une table et trois fauteuils. Ces sièges étaient occupés par trois des hommes et l'Albanais se tenait debout.

— Ça va mieux ? m'a-t-il lancé quand je suis entrée dans la pièce.

— Où sont mes habits ? j'ai demandé d'une voix tremblante.

— Pour quoi faire ? a répliqué un Serbe, déclenchant aussitôt l'hilarité de ses compagnons.

— Laissez-moi partir, maintenant. Vous avez eu ce que vous vouliez, alors, laissez-moi partir, je...

— Où t'as appris la politesse ? m'a interrompue le Bosniaque. On t'a jamais appris à dire « s'il vous plaît » ?

— S'il vous plaît, me suis-je entendue dire. S'il vous plaît, laissez-moi partir.

— Ah ! C'est mieux. Mais c'est non. On va pas te laisser partir.

J'étais nue devant eux, ne pensant même plus à cacher mon sexe avec ma main, ayant envie de pleurer, d'implorer. De rentrer à la maison.

— Tu nous appartiens. On t'a achetée à Pavel, tu comprends ? Tu es à nous. Et il va falloir que tu gagnes de quoi rentabiliser notre investissement.

— Mais je...

— Ta gueule. Tu n'es rien, tu comprends ? Rien. Tu es à nous. Ce qu'on te demande juste, c'est de nous rapporter du fric et de fermer ta gueule. Moins tu parleras, et plus ce sera facile.

— Mais Pavel...

— Mais c'est pas vrai ! a crié l'un des Serbes en s'approchant brusquement de moi.

Il m'a attrapée par les cheveux, m'a tiré la tête en arrière et s'est mis à me hurler dessus :

— On t'a dit de fermer ta gueule ! Tu ne veux donc rien comprendre ?

Il était furieux, son visage déformé par la colère. Il m'a lâché les cheveux et a enlevé une de ses bottes en cuir. Il s'est mis aussitôt à me frapper avec, sur les côtes, sur les jambes, sur le dos une fois que je m'étais instinctivement recroquevillée au sol pour me protéger des coups. Je me suis mise à crier, à supplier pour qu'il arrête, et il a brusquement cessé, jetant la botte dans un coin de la pièce.

— VA CHERCHER ! m'a-t-il crié.

Je ne comprenais pas ce qu'il voulait dire et mon corps n'était plus que douleur.

— VA CHERCHER, SALOPE !

Il m'a à nouveau attrapée par les cheveux et m'a traînée en direction de la botte. La douleur étant insupportable, je me suis redressée pour accompagner son mouvement. Arrivé dans le coin de la pièce, il m'a désigné la botte.

— Ramasse.

J'ai ramassé la botte et la lui ai rendue. Il l'a prise et s'est aussitôt remis à me frapper.

Puis il a jeté la botte à l'autre bout de la pièce.

— Va chercher.

Je ne sais pas combien de temps a duré cette torture, seulement que, rapidement, j'ai obéi à ses ordres sans plus un mot, en espérant gagner sa clémence.

Le soir venu, j'ai pu prendre une douche. L'eau était bien chaude, mais j'avais tellement mal sur tout le corps qu'elle m'a fait l'effet de milliers de morsures.

Épuisée, je me suis endormie dès que j'ai retrouvé ma couche dans la cave.

Personne n'est descendu cette nuit-là, et je suis restée seule tout le jour suivant, somnolente, trop épuisée pour saisir l'ampleur de mon désespoir.

191

En plein milieu de la nuit suivante, le Serbe qui m'avait battue avec sa botte m'a rejointe. Je n'étais pas attachée, mais je n'ai osé aucun geste. Il m'a prise sans un mot, rapidement, et j'ai été soulagée de ne pas recevoir de coups.

Plus tard, j'ai été réveillée par des rires au-dessus de ma tête. Mes geôliers prenaient du bon temps dans la maison, et je pouvais entendre le bruit de verres que cognaient des bouteilles.

L'Albanais est descendu deux heures plus tard. Il était tellement saoul qu'il n'est pas parvenu à avoir d'érection. Il m'a rouée de coups et il est reparti boire avec ses amis.

L'autre Serbe est descendu à peu près une demi-heure plus tard. Je me suis recroquevillée sur le matelas, les bras pliés pour me protéger le visage. Il m'a attrapée par la taille et m'a mise à genoux. Le cœur cognant ma poitrine, j'attendais qu'une pluie de coups s'abatte sur mon dos. J'ai hurlé quand il m'a sodomisée.

Au petit matin, j'ai senti du sang couler entre mes jambes. J'ai eu un moment de panique, mais j'ai vite compris que j'avais mes règles. Avec deux semaines d'avance.

Dans cette cave, je n'ai vu aucun autre homme que ces quatre-là. J'ai été violée jour et nuit, battue presque quotidiennement au début. Je devais aussi, toujours nue et frigorifiée, faire le service à table ainsi que la vaisselle.

Il n'y avait aucun miroir dans la maison, et je n'ai jamais pu voir mon visage que je sentais enflé par les gifles et les coups. Mon dos était si douloureux que l'impact des gouttes d'eau de la douche me faisait mal et qu'il m'était difficile de trouver une position confortable pour dormir. J'étais terrorisée, muette, incapable de réfléchir à ce qui m'arrivait. J'étais en enfer, et je ne savais pas pourquoi. Si je ne dormais pas vraiment dans les moments où j'étais seule, je somnolais, agitée de songes dans lesquels j'étais toujours coupable de quelque chose que je ne comprenais pas, mais qui justifiait que l'on me batte. Mes périodes de solitude devenaient des tortures à force de redouter ce qui allait les suivre.

Au bout de quelques jours, j'en suis arrivée à espérer les séances de viol pour les coups qu'elles m'évitaient. Le viol était devenu un moindre mal.

Je ne sais pas combien de temps je suis restée dans cette maison. Je me souviens seulement que la dernière nuit, alors que tous m'ont prise de force l'un après l'autre, la lune était blanche et pleine, et qu'elle dansait derrière la vitre brisée de la lucarne.

31

Nous avons roulé quelques heures en silence. Seuls le Bosniaque et l'Albanais étaient du voyage. Assise à l'arrière, les vitres et les portières condamnées, je ne parlais pas et gardais les yeux baissés.

Je n'étais plus certaine d'être encore moi-même. Je ne cessais de me reprocher d'avoir suivi Pavel et devenais folle à force de me répéter qu'il aurait été si simple de dire non et d'être encore dans ma vie d'avant. D'avant l'horreur, la souillure, la honte, la douleur. D'avant la peur, aussi. J'étais terrorisée à l'idée que tout puisse recommencer, au point de ne pas oser regarder la nuque de mes bourreaux, leurs cheveux bruns et ras flanqués d'une casquette de base-ball. J'aurais voulu disparaître, devenir toute petite, pour qu'ils m'oublient et ne pensent plus à me battre ou à me violer. Ce que ces hommes avaient fait de moi me dégoûtait. Je me sentais sale, pervertie. Si j'avais été libre, je n'aurais même pas osé rentrer à Ivano-Frankivsk et regarder les miens en face.

Depuis, je me suis souvent dit que c'est une chance que maman soit morte si jeune, sans savoir ce qu'on allait faire de sa fille.

Alors que le soir tombait, nous sommes arrivés près d'une rivière bordée de bois. En face se trouvait la

Bosnie, et tous mes rêves de retour à la normale se sont envolés quand j'ai compris que nous allions passer la frontière clandestinement. Si ces hommes, après avoir abusé de moi, avaient eu l'intention de me laisser prendre l'emploi promis par Pavel, ils ne se seraient pas cachés pour me faire entrer dans ce nouveau pays.

Bien sûr, j'avais déjà compris ce qui m'attendait vraiment. Les mots n'avaient-ils pas été prononcés par mes ravisseurs ? « Apprendre le métier » ; « tu es à nous » ; « rentabiliser notre investissement »... Et leur acharnement contre moi n'avait rien d'un passe-temps. Mais je me refusais à l'admettre et, sans doute pour ne pas perdre la raison, je m'accrochais encore à l'idée que ce qui venait de m'arriver n'était qu'un accident de parcours.

Nous avons marché le long de la berge jusqu'à rencontrer un homme qui nous attendait près d'une barque. Des dollars sont passés d'une main à l'autre, et l'Albanais est monté dans la barque. J'ai regardé la surface noire de l'eau, la masse obscure des arbres de l'autre côté de la berge, et j'ai craqué.

— Laissez-moi partir ! me suis-je mise à implorer. S'il vous plaît, je veux rentrer chez moi...

J'étais au bord des larmes. Le passeur a baissé les yeux et le Bosniaque m'a posé doucement une main sur l'épaule.

— Monte, m'a-t-il dit en russe d'une voix presque amicale. Ça va aller, monte dans le bateau...

Cet homme qui m'avait violée plusieurs fois, battue de toutes ses forces... Le contact de sa main m'a brutalement dégoûtée et j'ai été révoltée par la gentillesse de sa voix. Je me suis dégagée d'un haussement d'épaule et suis montée dans la barque, si pleine de haine que j'en tremblais.

La traversée n'a pas été longue. En d'autres circonstances, elle aurait pu être agréable, avec le calme de la nuit, le bruit apaisant de l'eau et celui, étrange, des animaux nocturnes.

Sur la rive bosniaque, une voiture nous attendait.

J'ai pu me reposer le reste de la nuit dans une petite maison blanche sans que personne m'approche. Au matin, mes ravisseurs, dont un nouveau Bosniaque, m'ont dit de me « faire belle » en me rendant mon sac de vêtements et en m'indiquant la salle de bain.

J'avais réussi plusieurs fois à croiser furtivement mon reflet dans les rétroviseurs des voitures, mais c'était la première fois depuis longtemps que je pouvais vraiment me regarder dans une glace. Je me suis trouvée moins abîmée que je ne l'aurais pensé. Même s'il avait des bleus, mon visage n'était plus enflé. Pourtant, il me semblait étranger. Il y avait quelque chose de nouveau dans mon regard, un voile que je n'y avais jamais vu, une transparence, une distance. Il n'était plus celui, si franc et direct, que je me connaissais depuis l'enfance.

M'occuper de moi m'a fait du bien. Me laver les cheveux, me maquiller. Me sentir femme de nouveau. Pour si peu de temps.

Nous avons repris la route, pour une demi-heure seulement. J'ai vu un panneau indiquant la proximité de Brcko, et nous sommes arrivés dans une rue boueuse bordée d'échoppes en tous genres.

— Arizona ! s'est exclamé le premier des Bosniaques, comme s'il venait de découvrir l'Amérique.

L'endroit grouillait de monde, dont de nombreux militaires de différentes nationalités. Des boutiques vendaient des chaussures de sport, d'autres des sous-vêtements érotiques. Des étals proposaient des montres, une multitude de téléphones portables, des ordinateurs. Sous une tente, on exposait des cassettes vidéo, en majorité pornographiques, alors que juste à côté était installé un Disney Store de contrebande. Il y avait des bars tous les cinquante mètres d'où s'échappait de la techno. Partout, des maisons étaient en construction, la plupart en bois.

Cette ville de la taille d'un quartier donnait l'impression d'avoir été posée là par erreur. Tout y semblait provisoire, monté à la va-vite, comme un jeu de construction en perpétuelle évolution.

La voiture a tourné dans une rue montante et s'est aussitôt retrouvée sur un chemin menant, à peine deux cents mètres plus loin, à une haute bâtisse sur la façade de laquelle était écrit « Blue Lagoon » en lettres de néon.

On m'a dit de prendre mon sac et, au moment de rentrer dans l'établissement, l'Albanais m'a glissé à l'oreille de faire exactement ce qu'on me demanderait, sans quoi il me casserait un bras.

Tout était sombre et bleu dans le bar. Des hommes buvaient silencieusement à un grand comptoir en regardant deux toutes jeunes femmes danser sur une estrade. Elles ne portaient que des sous-vêtements que la lumière artificielle rendait bleu électrique et ondulaient autour de deux barres chromées sur de la turbo folk assourdissante. L'Albanais m'a poussée en avant vers une arrière-salle qui menait à un couloir. Là, la porte d'un bureau était ouverte. Un homme énorme y a accueilli mes ravisseurs avec des exclamations de joie.

On m'a fait entrer dans une salle en me disant qu'on viendrait me chercher. Cinq femmes y attendaient déjà, assises sur des chaises pliantes. La plus âgée devait avoir à peine vingt ans.

Nous sommes restées ainsi plus d'une heure sans

échanger un seul mot, gênées quand nos regards se croisaient par hasard. D'autres filles sont arrivées, et nous étions neuf quand, enfin, une femme brune d'une quarantaine d'années s'est adressée à nous en russe :

— Déshabillez-vous et suivez-moi. Dépêchez-vous !

J'ai regardé les autres. Certaines, comme moi, hésitaient. D'autres semblaient plus habituées à ce type d'ordre et étaient déjà presque nues.

— T'attends quoi ? m'a lancé la femme d'une voix mauvaise. Grouille !

J'ai obéi, à la fois embarrassée, paniquée et furieuse. J'avais envie de crever les yeux de cette femme, mais j'étais surtout terrorisée à l'idée de ce qui allait nous arriver.

— Hum... Jolie ! m'a-t-elle dit en passant la main sur mes fesses dénudées. Tu vas faire monter les prix !

Puis elle nous a dit de la suivre.

Toutes entièrement nues, nous avons traversé le couloir et la femme nous a fait entrer dans une grande salle sans fenêtre où étaient réunis une vingtaine d'hommes dont les trois qui m'avaient amenée ici. Même ainsi mêlés à d'autres personnes, la vue de mes bourreaux fit déferler en moi une vague de terreur.

Le brouhaha des conversations s'est arrêté à notre arrivée, et on nous a fait monter sur une estrade.

— Mettez-vous de face, nous a ordonné la femme brune.

Nous nous sommes alignées toutes les neuf et les hommes ont commencé à aller et venir en nous inspectant du regard. Par réflexe, j'ai caché mon sexe d'une main, et aussitôt, la brune m'a violemment frappé l'avant-bras pour me faire cesser.

Très vite, plusieurs hommes se sont mis à discuter avec mes ravisseurs, certains abandonnant rapide-

ment la conversation, d'autres semblant discuter âpre-
ment. J'ai perçu plusieurs chiffres : 2 500, 2 000, puis
finalement 2 300. Un grand type très maigre a serré
la main de l'Albanais, et le très gros homme a fait un
signe de la tête à la femme brune qui m'a prise par
le bras.

— C'est bon pour toi !

Elle m'a raccompagnée dans la salle d'attente et
m'a dit en souriant, alors que je me rhabillais :

— 2 300 dollars ! Je te l'avais bien dit !

Je n'ai jamais revu les Bosniaques ni l'Albanais.

Je suis repartie dans le 4 x 4 du grand maigre qui,
sans un mot, m'a conduite à l'autre bout de la ville,
dans un bar nommé le *Veracruz*.

32

Il s'appelait Agron, sa femme Tatiana. Elle était ukrainienne et m'a embrassée quand elle a vu mon passeport.

Ça m'a fait du bien de parler dans ma langue maternelle, et j'ai voulu reprendre confiance. Tatiana était de Jitomir, la ville où est née maman, et nous avons évoqué nos souvenirs communs du pays comme deux vieilles copines d'école qui se retrouvent au bout de dix ans.

Cette conversation était le premier rapport humain normal qui se présentait à moi depuis longtemps, et j'ai commencé à me détendre progressivement. Si bien que mes forces m'ont abandonnée et que je me suis mise à pleurer en tremblant. Tatiana m'a serrée dans ses bras.

— Pleure, ma belle. Vas-y... Pleure, ça te fera du bien. Je sais par quoi tu es passée...

— Pourquoi ? ai-je demandé en pleurant. Pourquoi moi ?

— Chut... Tout doux, ça va aller maintenant. Ici, tu seras bien. Tu verras, les autres filles sont gentilles...

— Je veux rentrer chez moi..., me suis-je mise à sangloter comme une enfant.

— Calme-toi. Il faut être raisonnable, tu sais.

— Vous allez me rendre mon passeport ?

— On en a besoin pour l'instant, pour ton visa. Dans trois jours, tu pourras travailler.

— Mais je veux pas. Je veux rentrer, je...

— Chut... Tu ne peux pas rentrer ! Pas maintenant. Agron t'a achetée. Une grosse somme, en plus. Et puis, le voyage jusqu'ici a coûté beaucoup d'argent ! Es-ce que tu crois que tout ça est gratuit ?

— Mais je n'ai rien demandé !

— Tu verras. Si tu es raisonnable, tout se passera bien...

Au rez-de-chaussée du *Veracruz* se trouvaient le bar et le dancing, et des chambres minuscules étaient réparties sur les deux étages.

Pendant trois jours, personne ne m'a touchée, et j'ai pu rencontrer les autres « pensionnaires » de la maison.

Nous étions quinze « filles », entre dix-sept et vingt-huit ans. Je me souviens d'une Moldave qui n'arrêtait pas de parler, de deux Roumaines qui ont disparu le lendemain de mon arrivée, de plusieurs Albanaises qui me regardaient de haut. Personne n'avait confiance en personne, et nous ne parlions qu'à mi-mots, le plus souvent pour ne rien dire. De toute façon, il y avait toujours un homme quelque part pour nous surveiller.

Je n'ai revu Valentina que le troisième jour. C'est elle qui m'a reconnue la première, mais aussitôt, je me suis souvenue d'elle, avant la frontière hongroise, me faisant signe de m'échapper par la portière de la voiture de Pavel.

À part Tatiana, personne ne connaissait l'ukrainien. En tout cas pas les hommes de main d'Agron. Valentina et moi avons pu nous raconter ce qui nous était arrivé depuis notre séparation à Belgrade.

Son parcours était différent du mien. Dès le départ, elle savait qu'elle allait se prostituer. Mais on lui avait promis l'Italie, le passage vers l'Occident, pas les trois « bagnes » où elle avait déjà « travaillé » à Arizona.

— C'est quoi, cette ville ? je lui ai demandé.

— Pas vraiment une ville. Ce sont les Américains qui l'ont créée pour faciliter le commerce dans la région. On est tout près de Brcko, pas loin de la frontière serbe. Tu penses bien que le rêve des Ricains a vite été récupéré par tous les trafiquants du coin ! On trouve de tout, ici, et sans aucun contrôle : bagnoles volées, armes, médicaments interdits, drogues... et puis nous.

— Nous ?

— Il y a un bordel tous les dix mètres ! C'est plein d'étrangers dans le coin, une clientèle énorme, surtout avec les militaires !

— Tu n'as pas essayé de t'enfuir ?

— Pour quoi faire ? Je vais rester ici jusqu'à la fin de mon visa, et ensuite, je retournerai à Belgrade pour travailler dans le porno. De toute façon, il n'y a pas moyen de partir : la police est de mèche. Tu ne pourrais pas faire un seul pas à l'extérieur sans te faire interpeller...

J'étais arrivée un jeudi, et le lundi suivant, Tatiana m'a annoncé que j'allais « enfin » pouvoir travailler.

En sous-vêtements, comme me l'avait demandé ma « patronne », j'ai attendu plus de deux heures assise sur le lit de ma chambre, nouée par l'angoisse. Je me reprochais de ne pas avoir au moins essayé de m'échapper durant ces trois jours de semi-liberté, mais, depuis mon arrivée, j'étais comme paralysée par ce que j'avais vécu en Hongrie. Jusque-là, personne ne m'avait maltraitée au *Veracruz*, et ce répit me semblait si fragile que l'idée seule de tenter quelque chose me paraissait dangereuse.

Un homme est finalement entré dans ma chambre. Un officier très distingué qui m'a demandé mon nom en anglais. Je ne sais pas vraiment pourquoi, peut-être pour ne pas salir ma vie passée, mais je n'ai pas voulu lui donner mon vrai nom. J'ai pensé au rêve de Baba Katia, à Greta Garbo, et j'ai répondu :

— Nina.

— J'espère que tu suces aussi bien que tu es jolie, Nina ?

Il a sorti son sexe et je me suis reculée sur mon lit, tout contre le mur.

C'était impossible, au-dessus de mes forces, impensable. Il s'est approché et je l'ai supplié :

— Non, s'il vous plaît ! Je vous en prie On m'a forcée, je ne veux pas faire ça, je...

Il s'est encore avancé et m'a attrapée par la nuque pour me forcer à lui obéir. Je me suis débattue, soudain enragée, et je crois l'avoir griffé jusqu'au sang.

Il est sorti furieux et j'ai entendu des éclats de voix dans le couloir.

Cinq minutes plus tard, Tatiana est entrée dans ma chambre, un gros ceinturon de cuir à la main, avec lequel elle s'est mise à me battre en m'insultant en ukrainien.

J'ai fait ce que m'a demandé le client suivant. Et tous les autres ensuite.

Je suis restée six mois au *Veracruz*. Des centaines d'hommes m'ont prise, certains violents ou pervers, d'autres gentils. L'un d'eux, un médecin militaire canadien toujours en blouse blanche, venait trois fois par semaine après ses gardes. Il me montrait souvent une photo de sa femme et de ses deux enfants restés au pays, et voulait toujours me sodomiser.

J'ai ensuite été revendue à un autre bordel d'Arizona : le *Romanca*. J'y ai trouvé le même quotidien qu'au *Veracruz* durant cinq mois.

L'Ukraine, ma ville, mon père et ma grand-mère, mon vrai prénom, même, me semblaient irréels, comme tirés d'un vieux rêve. Il était difficilement concevable que Nina ait un jour été Oksana. Que cette fille sans papiers qui passait ses journées à moitié nue dans des chambres sordides à recevoir des hommes soit la même que celle qui faisait des pliages en papier avec sa grand-mère, des études de langues à Kiev, des matchs de boxe avec son frère.

Confusément, tout au fond de moi, je cherchais ce qui, dans mon comportement passé, pouvait justifier mon calvaire. La pensée que ma vie avait basculé par le hasard d'une mauvaise rencontre, comme à la loterie, me semblait si injuste et inadmissible que je commençais à me dire que, sans le savoir, j'avais dû mériter ça.

De cette période ne me reste qu'un souvenir confus où tout se mêle. Seule l'épouvantable odeur du sexe des hommes est restée gravée en moi. Un mélange de sueur aigre, d'urine et de foutre. Une odeur que j'ai retrouvée partout ensuite, en Italie, en France, et qui, rien que d'y penser, me donne la nausée.

Durant ces semaines qui ont fait de moi une prostituée, j'ai renoncé à tout. À moi-même, au soleil, à la pluie, au jour et à la nuit, à l'avenir, au passé. La seule chose qui m'inquiétait encore était de savoir comment et quand ma vie allait finir.

33

JE ne m'étais même pas rendu compte que nous avions changé d'année quand j'ai quitté Arizona. Marko Stankelic m'avait achetée 5 000 dollars, et c'est sous la neige qu'il m'a emmenée jusqu'à son *Alamo Dancing*, à l'extérieur de Tuzla. En route, de sa voix d'obèse, il m'a expliqué que la proximité de la base aérienne de l'Otan lui assurait une clientèle de choix et que j'allais avoir beaucoup de succès. Ses petits yeux ronds d'un bleu très clair, bien que perdus dans sa graisse, brillaient d'une lueur répugnante. Il ne m'a pas fallu longtemps pour comprendre qu'elle signifiait que j'allais devenir la favorite de mon nouveau propriétaire et qu'en plus de ceux des clients, j'allais devoir assouvir presque quotidiennement ses désirs.

Au bout d'une route étroite mais parfaitement goudronnée, l'*Alamo Dancing* était bâti dans les bois. À la différence des boîtes d'Arizona, il était assez calme le jour. En revanche, il faisait le plein de clients chaque nuit, en très grande majorité des militaires occidentaux.

Nous étions vingt-cinq filles, mais le rythme de travail y était moins éprouvant que dans mes deux « places » précédentes, puisque, une nuit par semaine, toutes les pensionnaires se relayaient par groupe de trois sur l'estrade de danse, ce qui leur évitait de monter avec les clients. Passée la première expérience, j'ai vite appris à apprécier ces nuits où il me suffisait de danser seins nus au-dessus des clients qui ne pouvaient que me toucher des mains ou me glisser des billets dans le string. C'était réellement du repos par rapport aux autres jours où il m'arrivait fréquemment de faire plus de dix clients.

Ces nuits de strip-tease et de danse ont rythmé mes semaines comme les dimanches le font dans la vie normale.

Stankelic avait beaucoup d'argent, et une véritable armée d'hommes de main. Il possédait également cinq énormes chiens qui passaient leur temps à aboyer entre les grilles du chenil qui se trouvait derrière le dancing. Ils étaient roux et noir et sautaient sur les grilles chaque fois que quelqu'un passait à moins de dix mètres.

Grâce aux nuits de danse, je me suis rapidement fait une amie qui, comme moi, venait d'Ukraine. Elle s'appelait Lila. Elle était aussi brune que je suis blonde, aussi petite que je suis grande, aussi bavarde que j'étais muette, et elle n'avait que dix-huit ans. La franchise de son regard m'a tout de suite plu, et nous sommes devenues inséparables durant nos quelques moments communs de tranquillité. Elle parlait de tout et de rien aussi bien que du sordide de notre vie, mais avec un tel naturel que c'en était réconfortant. Elle s'efforçait de tout prendre avec humour et m'a appris à rire plutôt qu'à avoir peur des demandes des hommes qui se succédaient dans nos lits. Pour elle, réduits à la fréquentation des bordels comme l'*Alamo Dancing*, tous ces hommes étaient finalement plus à plaindre que nous. En tout cas, plus misérables. Cette « philosophie » m'a beaucoup aidée ensuite, comme le jour où j'ai rencontré Rodica, une Moldave avec qui j'ai tout de suite sympathisé.

Deux jeunes Français avaient envie de partager deux filles, et nous nous sommes retrouvés à quatre dans une chambre.

Les Français étaient ivres, et ils tenaient à peine debout. Bien sûr, ils ne savaient pas que je parlais leur langue. L'un d'eux était militaire à la SFOR, l'autre médecin dans une ONG, faisant sans doute tous deux, au pays, la fierté de leurs proches. Le deuxième fêtait ses vingt-huit ans cette nuit-là et s'était laissé entraîner au *Alamo* dont le militaire était un habitué. Sans un mot, le médecin a posé sa main sur la tête de Rodica pour lui signifier qu'il souhaitait une fellation. Le soldat, qui s'appelait Eric, m'a demandé de me déshabiller, et alors que Rodica avait à peine commencé à s'exécuter, le médecin a lancé à son ami qu'il « était tellement bourré qu'il avait peur de gerber sur la Moldave ».

À la seconde où j'ai entendu cette phrase, j'ai eu envie de frapper cet homme, mais aussitôt, j'ai pensé à ce que m'aurait dit Lila en cette circonstance et je me suis mise à pouffer de rire. Le militaire qui, de toute façon, était parfaitement incapable d'avoir la moindre érection, a été aussitôt pris d'un fou rire qui a instantanément gagné son camarade. Hilares au point de ne plus avoir la force de se tenir debout, les deux se sont laissés tomber sur les lits et Rodica m'a demandé en russe ce qui se passait. Je lui ai dit de se taire pendant quelque temps, et ce que j'espérais est arrivé : nos deux clients se sont endormis brusquement, ivres morts.

Rodica et moi avons passé le reste de la nuit assises par terre, à discuter à voix basse, étouffant de temps en temps un fou rire quand l'un des deux Français ronflait particulièrement fort.

Sans doute grâce à mes deux nouvelles amies et au réconfort de nos conversations, j'ai repris un peu confiance en moi. C'est pourquoi j'ai vite commencé à penser à m'évader.

Il n'y avait que des bois alentour, et, à la différence d'Arizona qui était une ville prison puisque tout le monde, police comprise, était complice, il suffisait ici d'échapper à la surveillance du personnel du dancing, puis de courir le plus vite possible. Mon plan était de me diriger au sud et d'atteindre Sarajevo. Ce n'était pas un plan, d'ailleurs, mais seulement une idée, un désir, une obsession qui m'aidait à supporter l'insupportable et qui grossissait chaque jour dans ma tête. Souvent, quand un client était couché sur moi et me prenait en haletant, j'imaginais la caresse froide du vent sur mon visage durant ma fuite.

Rodica était partante. Lila préférait tenir jusqu'à l'expiration de son visa, huit mois plus tard.

Pourtant, elle n'a pas résisté, cette nuit-là, quand elle nous a vues disparaître dans les bois. Elle nous a rattrapées en quelques minutes, et nous avons couru en riant toutes les trois, grisées par la griffure des branches sur nos visages et par le vent sur nos joues. C'était mieux que dans mes rêves.

Nous avons couru jusqu'à la limite de nos forces durant une dizaine de minutes, puis nous avons essayé de reprendre notre souffle.

— On a réussi ! s'est exclamée Lila. Tu avais raison, Nina, c'était facile !

Nous avions atteint une petite clairière et, au-dessus de nous, le ciel de juin était d'une pureté enivrante. Je me souviens d'avoir eu les larmes aux yeux en regardant les étoiles. Je me sentais libre, moi-même pour la première fois depuis plus d'un an, et c'était comme si les beautés du monde réapparaissaient subitement.

C'est alors que nous avons entendu les chiens.

— Ils arrivent ! a crié Rodica.

Nous nous sommes remises à courir mais, rapidement, le terrain nous a été défavorable. Les bois ont laissé la place à des prés vallonnés où il était difficile de ne pas être vues, surtout quand un quartier de lune est apparu dans le ciel. Les aboiements des chiens ne cessaient de se rapprocher, et j'ai bientôt perçu les cris de nos poursuivants, puis le bruit d'un moteur.

Je suis tombée de tout mon long, sur la poitrine, et je me suis relevée, le souffle coupé par le choc et la peur. Lila et Rodica m'ont prise par la main pour me remettre en route, mais nous avions perdu beaucoup de notre avance. Le bruit du moteur se rapprochait, sans doute le 4 x 4 de Stankelic. Soudain, un coup de feu a claqué derrière nous.

— Ils nous tirent dessus ! s'est écriée Lila. Ces connards nous tirent dessus !

Je ne crois pas avoir eu peur à ce moment-là. J'étais forte de l'assurance que je préférais mourir plutôt que de continuer à me prostituer. Mais j'avais entraîné mes amies dans cette fuite et je n'ai pas su quoi dire quand Lila a cessé de courir.

— J'arrête ! nous a-t-elle annoncé, la voix brisée par l'effort. J'ai pas envie de me faire tuer.

Cette fois, nous pouvions voir nettement nos poursuivants. Ils étaient quatre, accompagnés de trois des chiens de Stankelic tenus en laisse. Le 4 x 4 arrivait par la gauche, obligé de faire un détour à cause du terrain trop accidenté.

Sans un mot, le cœur cognant dans ma poitrine, je me suis reculée pour me mettre à l'abri d'un bosquet. J'avais repéré, à cent mètres de là, l'orée d'un nouveau bois. Rodica m'a rejointe et a appelé Lila. Mais elle nous a fait comprendre que c'en était fini pour elle et elle s'est mise à marcher en direction de nos poursuivants en levant les mains pour signifier qu'elle se rendait.

Je n'ai pu retenir un cri quand j'ai vu les hommes lâcher les chiens. Lila s'est immobilisée pendant quelques secondes, puis s'est retournée vers nous, stupéfaite. Elle n'a même pas essayé de courir. Les trois chiens lui ont sauté dessus sans un aboiement, et je n'oublierai jamais le cri de mon amie quand ils ont commencé à la déchiqueter.

— Viens ! m'a ordonné Rodica.

Nous avons couru à découvert et j'ai entendu un nouveau coup de feu. Le 4 x 4 était tout proche, mais nous avons pu nous engouffrer dans le sous-bois qui était suffisamment touffu pour empêcher la voiture de nous y suivre.

J'ai couru sans me retourner et j'ai mis longtemps avant de me rendre compte que Rodica n'était plus à mes côtés. Je l'ai appelée à mi-voix et suis revenue sur mes pas.

Je l'ai trouvée adossée à un arbre, une main sur son flanc gauche dont s'échappait un liquide foncé.

— Ils m'ont eue.

Les chiens s'étaient remis à aboyer.

— Une balle ?

— Oui.

Rodica avait du mal à parler et son visage était déformé par la douleur.

— Je vais t'aider. Donne-moi ton bras.

Je me suis accroupie pour passer le bras de mon amie autour de mon cou, mais j'ai glissé dans la boue, paniquée, commençant à pleurer car je savais que Rodica était condamnée. Elle le savait aussi, et elle m'a demandé, sans vraiment que ce soit une question :

— Je vais mourir ?

Je n'ai rien répondu et je me suis relevée. Les hommes et les chiens étaient de nouveau très proches.

— Pas les chiens ! s'est mise à sangloter Rodica. Je veux pas être dévorée par les chiens...

Je ne savais plus quoi faire. Je pleurais bêtement, mon regard passant du visage de mon amie à l'obscurité du bois où je m'attendais à voir surgir nos poursuivants d'un instant à l'autre.

— Nina ? m'a appelée Rodica d'une voix suppliante.

Mais je ne pouvais rien pour elle. J'ai commencé à reculer et elle m'a appelée de nouveau. Je me suis alors brusquement tournée et suis partie en courant droit devant moi, en larmes, la poitrine si gonflée qu'elle me faisait mal.

J'ai fui ainsi pendant un temps dont je n'ai aucun souvenir. Je sais seulement que j'ai atteint une route au bord de laquelle j'ai marché pendant des heures, ne voyant même pas le jour se lever.

L'après-midi était déjà bien avancé quand je suis arrivée à Sarajevo. C'était étrange de voir du monde, de marcher en liberté parmi la foule. J'avais réussi, mais je ne pensais qu'à mes deux amies mortes en chemin.

Je suis entrée dans le premier poste de police et me suis effondrée, à bout de forces.

On m'a donné à boire, puis on m'a demandé mes

papiers. J'ai répondu qu'on me les avait volés et j'ai raconté toute mon histoire : Arizona, Marko Stanke-lic... Les policiers bosniaques m'ont dit que je n'avais plus rien à craindre et je les ai suivis dans leur voiture. Je me suis endormie dès que l'on s'est mis en route.

Quand j'ai rouvert les yeux, nous étions garés devant l'*Alamo Dancing*.

Marko Stankelic s'est personnellement occupé de moi. Quand il m'a laissée, j'avais l'impression que plus un seul de mes os n'était intact. J'avais si mal que je ne sentais plus rien. J'étais au-delà de la douleur.

J'ai mis trois semaines à me remettre, et Stankelic m'a vendue pour 7 000 dollars à un Albanais dont je n'ai jamais su le nom.

Encore de la voiture. Encore une frontière, des routes, des villes traversées, des coups, des viols.

Je n'étais plus vraiment en vie.

Seule la vue de la mer a su faire battre mon cœur. Vlora, la porte de l'Occident.

34

DE l'autre côté de la mer se trouvait l'Italie. Malgré moi, je me suis laissé prendre au vieux rêve ringard de l'Occident. En longeant le port en voiture, fenêtre entrouverte pour laisser entrer une excitante odeur de sel et de goudron, je me disais que là-bas, on ne pourrait pas continuer à me traiter ainsi.

C'était ridicule.

Il y avait du vent, et la mer était forte. J'ai passé trois jours au sud de Vlora, dans une chambre crasseuse aux volets tirés, séquestrée par une famille entière en échange d'une poignée de dollars. J'avais à manger une fois par jour, un pot de chambre et un lavabo sans eau chaude.

Le vent est enfin tombé et on est venu me chercher à 5 heures la troisième nuit.

Nous étions une trentaine à embarquer dans un long bateau plat équipé de deux énormes moteurs. Il y avait sept jeunes femmes comme moi, mais aussi des vieillards, des enfants et des bébés. Des familles entières, sales et fatiguées, portant tout ce qu'elles possédaient dans des sacs dont la moitié a dû rester à terre.

Nous avons pris la mer alors que le jour se levait à

peine. Assis les uns contre les autres sur le fond du bateau, nous attendions, paralysés par un mélange d'espoir et de peur. Nous filions sur l'eau redevenue calme et personne ne parlait à bord.

Au bout de deux heures, une rumeur s'est répandue parmi les passagers. J'ai levé la tête et j'ai vu que le pilote parlait avec ses complices. Dans plusieurs langues, les mots « douaniers », « policiers » et « Italiens » parvenaient à mes oreilles. Enfin, encore petit à l'horizon, j'ai vu un bateau qui s'approchait.

C'était une vedette des gardes-côtes italiens qui, lentement mais régulièrement, se rapprochait de nous.

La poursuite a duré un long moment sans que rien se passe. À bord, tous les clandestins redoutaient qu'on se fasse prendre. Moi, je l'espérais.

J'ai bien cru être sauvée quand, à travers un haut-parleur, une voix au fort accent italien nous a donné l'ordre de couper le moteur. La vedette était suffisamment proche pour que je puisse voir clairement les gardes-côtes. Un mouvement de panique a agité les passagers et le pilote a hurlé de rester assis. Les Italiens ont lancé un nouvel ordre qui s'est perdu dans le vent, et l'un des complices du pilote s'est brusquement levé pour arracher des bras de sa mère le premier bébé qui se présentait à lui. La femme a crié, mais une violente gifle l'a fait taire. L'homme s'est alors tourné vers les gardes-côtes et a tenu l'enfant à bout de bras au-dessus de la mer.

Le bébé pleurait, sa mère suppliait et l'Albanais insultait les gardes-côtes en anglais, menaçant de lâcher le petit.

Le temps s'est figé, puis la vedette italienne a brusquement viré de bord pour montrer qu'elle capitulait.

Le pilote et ses complices ont éclaté de rire et l'enfant a été rendu à sa mère.

Deux heures plus tard, nous avons abordé sur la côte italienne.

J'ai pensé pouvoir m'enfuir quand on nous a expliqué qu'il allait falloir marcher une heure pour atteindre un refuge. Nous étions trente et ils étaient quatre : il serait simple de se laisser distancer puis de disparaître. Mais on m'a tenue à l'écart avec les autres jeunes femmes et des taxis sont venus nous chercher.

J'ai été conduite dans une petite ville dont je n'ai jamais su le nom. De nouveaux hommes m'ont battue et violée. Puis, en minibus avec trois autres filles, on m'a emmenée jusqu'à Milan.

C'est là que j'ai découvert la rue. Les passes de dix minutes maximum, les pipes dans les voitures, les étreintes sur les capots. C'est là que j'ai connu une nouvelle forme de peur qui ne devait plus jamais me quitter : celle de se sentir à la merci du monde entier, exposée en pleine rue, au bon vouloir du premier venu, à la violence des autres filles autant qu'à celle des clients ou des hommes de main de mes nouveaux boss. La peur ultime, globale, de tout et tout le temps. Une peur du monde et de la vie qui me poursuivait jusque dans mes rêves sous la forme de l'épuisant pressentiment du réveil.

À Milan, je me suis surprise à regretter Arizona et ses chambres sordides où les hommes se succédaient entre mes jambes. C'est là aussi que j'ai vu de mes yeux la Mercedes de mon boss passer trois fois sur le corps d'une jeune Roumaine, pour l'exemple, parce que, sous l'emprise de l'héroïne, elle avait refusé un client.

Je n'ai passé que quatre mois en Italie avant d'être revendue puis conduite en France.

Je suis restée un an à Nice où j'ai mené le même genre de vie qu'à Milan. Le ballet des clients, des « crapauds » qui fournissaient aux filles boissons, sandwiches ou drogues, des hommes de main qui nous surveillaient en permanence et relevaient régulièrement l'argent. Le passage absurde et inutile des voitures de flics. Je me sentais terriblement seule.

Je ne me suis fait aucune amie parmi les filles. Seulement quelques ennemies qui étaient prêtes à tuer pour leur bout de trottoir. J'en suis moi-même arrivée à me battre pour le mien. Je ne parlais à personne au point de dialoguer avec moi-même, à voix haute, en faisant les cent pas entre deux clients. J'essayais aussi de ne plus penser à Ivano-Frankivsk tant je me sentais coupable de ne jamais avoir donné de nouvelles à ma famille. J'imaginais très bien l'inquiétude de Baba Katia, son chagrin, le soir, seule dans la cuisine, alors que mon père devait regarder la télé en buvant. Pourtant, je préférais qu'ils me croient morte. De toute façon, pour moi, Oksana Dostenko n'était plus.

D'ailleurs, j'ai failli mourir pour de bon, à Nice, une nuit où j'ai tenté de m'enfuir. Une voiture de police s'était arrêtée près des hommes de main pour un contrôle de routine de nos passeports. Cela arrivait souvent et ne menait à rien. Les flics faisaient partie de notre routine et les rumeurs les plus folles circulaient sur eux, au point que, comme les autres, j'avais fini par avoir aussi peur des policiers français que des Albanais. J'avais bu cette nuit-là. C'est certainement ce qui m'a donné le courage de partir en courant quand j'ai constaté qu'Ardja parlait aux flics. Il m'a vue traverser la rue, mais n'a pas pu bouger.

Ma cavale n'a duré que trois heures. Je me suis fait reprendre dans le vieux quartier de la ville.

Ardja, pour la première fois, m'a menacée avec une arme. Il était vraiment décidé à m'abattre, mais j'ai vu dans ses yeux l'instant où il a décidé de m'épargner, sans doute parce qu'il a lu dans les miens le désir de mourir. Il m'a frappée à plusieurs reprises avec la crosse de son revolver pour déverser sa colère et, la semaine suivante, j'étais revendue et conduite à Montpellier où je n'ai travaillé que deux mois.

Dans cette ville, une vieille prostituée m'a beaucoup aidée en m'apprenant à me détacher de mon corps. Je me souviens très bien de ses mots :

— Laisse pisser, ma chérie. Tous ces types ne peuvent rien contre toi. C'est que ton corps, qu'ils veulent. Que de la viande et des os...

Depuis, je ne ressens plus rien quand un homme me prend ou me frappe. C'est comme une anesthésie : j'ai la sensation de ce qui m'arrive, mais ça ne me fait plus rien. Je sors de moi-même et je leur abandonne momentanément mon corps. Parfois, j'ai la bizarre impression que je pourrais continuer à vivre si on me coupait la tête.

Et puis ç'a été Toulouse.

35

Sans Sammy, tout aurait pu continuer comme dans les autres villes occidentales.

Sali était mon nouveau boss, épaulé par son frère Ardi. À eux deux, ils étaient terrifiants. Le cerveau d'un côté, les muscles de l'autre, pareillement animés d'une cruauté et d'une violence sans limites. Par contre, ils n'avaient jamais de rapports sexuels avec nous. Rien ne les intéressait à part l'argent.

Quand je suis arrivée à Toulouse, six filles travaillaient pour eux. Des marchandises, de la viande, des génisses, comme ils nous appelaient, nous logeant dans cette maison abandonnée qu'ils avaient baptisée « l'étable » et où planait en permanence une odeur de kérosène.

Nous dormions toutes dans la même pièce, sur des matelas posés par terre. Seule la salle de bain était confortable, récemment refaite à neuf.

La douche était devenue pour moi un rendez-vous vital. Le seul. Plus important que de manger ou de dormir. Je serais morte si on m'avait privée de douche. Je restais sous le jet brûlant de longues minutes, jusqu'à ce que ma peau soit rouge et flétrie. Mais je ne parvenais jamais à me nettoyer de la rue, des clients, des nuits, de ce qu'était devenue ma vie.

218

Pendant le travail, nous étions surveillées de près, emmenées en voiture dans différents quartiers de Toulouse et ne restant jamais très longtemps au même endroit. Nous n'avions pas le droit de parler aux autres prostituées de la ville et les jumeaux avaient promis une mort lente et douloureuse à celles d'entre nous qui tenteraient de rentrer en contact avec l'équipe du Refuge, cette association dont le numéro de téléphone circulait oralement de fille en fille comme un talisman autant redouté que vénéré.

À Toulouse, une nouvelle routine s'est rapidement installée : l'étable le jour, à somnoler et à fumer ; la rue la nuit, avec les billets qui passaient directement des mains des clients à celles des hommes de Sali, puis les sexes répugnants que je devais faire cracher dans les voitures ou dans les recoins obscurs.

Trois autres jeunes femmes sont arrivées au bout de quatre mois, et Sammy est apparu un après-midi, en compagnie de Nicole.

Il nous a toutes regardées, et j'ai su qu'il allait tomber amoureux de moi à la seconde où ses yeux ont croisé les miens.

Il s'est isolé pour parler un moment avec Sali, et Nicole s'est approchée **pour** me dire, d'une voix maternelle, que j'étais trop jolie pour la rue et que, si j'étais maligne, j'allais avoir la belle vie.

Je n'ai compris qu'il fallait se méfier de Nicole que des mois plus tard, quand les confidences que je lui avais faites sur mon passé se sont retournées contre moi. À force de la voir si gentille, si attentionnée, je lui avais parlé d'Ivano-Frankivsk et de Baba Katia, et trois jours plus tard, alors que j'avais essayé de m'enfuir pour la première fois, Ardi, après m'avoir battue, a menacé de tuer ma grand-mère si je recommençais. La gentillesse de Nicole n'avait pour but que de nous rendre plus manipulables.

J'ai revu Sammy le lendemain soir, au restaurant. L'après-midi, Nicole m'avait apporté des vêtements neufs, des robes sexy mais élégantes, rien à voir avec ce que nous portions habituellement dans la rue. Aussitôt, les autres filles se sont mises à me détester.

Pendant le dîner, Sammy m'a expliqué comment il voulait que nous travaillions : les clients exclusivement sur rendez-vous téléphonique ou par e-mail, les passes en hôtel ou à domicile. Je pouvais dire adieu à la rue, et même si j'appartenais toujours à Sali, Sammy devenait mon boss au quotidien. J'étais en quelque sorte détachée auprès de lui, comme en mission.

Par rapport à ce que j'avais vécu depuis mon enlèvement, ce qu'il me décrivait pouvait effectivement passer pour « la belle vie ». Sauf que la beauté n'était plus pour moi, que le bonheur avait quitté ma vie, mon corps, mon esprit, et que désormais tout moi refusait ce qui pouvait lui arriver de bon. Pour supporter l'insupportable, j'avais dû modifier vers le bas l'échelle de mes sensations : l'odieux était devenu le désagréable, par exemple, ou le désespoir, le chagrin. En conséquence, le bonheur, le rire, la beauté n'étaient plus dans mes moyens.

À la fin du dîner, Sammy m'a remis un téléphone portable. Il m'en a expliqué le fonctionnement, a choisi avec moi le code PIN correspondant à mon année de naissance et m'a aidée à en enregistrer le message d'annonce. Puis il m'a dit que je n'étais plus obligée de dormir à l'étable.

Je n'avais jamais vu un appartement aussi beau que celui de Sammy et je suis restée fascinée de longues minutes devant la vue qu'offrait sa baie vitrée. J'ai pris ensuite un bain moussant interminable et suis revenue au salon vêtue d'un peignoir blanc très moelleux.

En venant chez lui, je savais très bien que Sammy voudrait coucher avec moi et cela m'était complètement égal. Mais, si j'étais prête à me faire baiser, je ne m'attendais pas à ce qu'on me fasse l'amour. Et cela m'a été intolérable.

C'est presque impossible à expliquer, mais j'aurais vraiment préféré que Sammy me prenne brutalement ou me frappe. Après tous ceux qui avaient abusé de mon corps, je ne pouvais plus admettre qu'un homme ait avec moi un rapport autre que violent et douloureux. Dans ma tête, dans ma chair, l'homme était irrémédiablement associé à la peur et au viol. Je crois même que j'en étais arrivée à penser que c'était tout ce que je méritais. Alors, l'attitude de Sammy m'a semblé une agression pire que toutes celles que j'avais subies précédemment. Il m'a prise lentement, doucement, guettant sur mon visage l'apparition du plaisir. Il n'y a trouvé que du dégoût.

J'aurais sans hésiter échangé les draps blancs de son lit et ses caresses interminables contre le capot d'une voiture et l'étreinte animale d'un client.

Dès cette première fois, j'ai haï Sammy plus que tous les autres hommes.

Me faire jouir est devenu pour lui une véritable obsession, et un cauchemar pour moi.

« La belle vie », selon Sammy, consistait à passer, conduite par Kamel, de chambre d'hôtel en appartement privé pour y retrouver des hommes d'affaires, des médecins, des avocats, des flics parfois, ou toute autre personne prête à accepter « mes » tarifs. Cinq cents euros l'heure entamée, mille cinq cents la nuit. Bien sûr, le client devait également payer la chambre d'hôtel s'il ne me recevait pas à son domicile.

Je gérais mon planning, prenais les rendez-vous et touchais moi-même l'argent que je reversais intégralement à Sammy. De véritables petites fortunes passaient quotidiennement entre mes doigts.

Cette vie était presque grisante. J'aimais la sensation que me procurait le fait d'être « débordée », d'avoir un agenda surchargé, de devoir refuser des rendez-vous. Je prenais plaisir à être conduite par Kamel, assise à l'arrière de sa grosse voiture, le portable à l'oreille. J'en arrivais même à oublier que cette vie était fondée sur le commerce de mon corps. Me faire baiser par tous ces hommes friqués était quasiment accessoire.

D'après Sammy, aucune des filles dont il s'était occupé jusque-là ne lui avait rapporté autant. Si je ne touchais pas un seul billet pour mon usage personnel, il veillait à ce que je ne manque de rien.

Je vivais avec lui.

Nous formions un couple bizarre, et plus le temps passait, plus je prenais de l'assurance. Il m'aimait, mais ne le savait pas. J'ai très vite appris à profiter de cette situation.

Pousser Sammy à bout est devenu mon passe-temps favori. Je mettais les robes qu'il m'offrait, je l'accompagnais dans les restaurants où il désirait se rendre, je couchais avec lui chaque fois qu'il le voulait, mais je ne lui donnais rien. J'étais à lui, sa chose, mais ça ne lui suffisait pas. Il voulait, en plus, que j'y prenne plaisir.

Il n'a pas obtenu un sourire.

Une aube, après mon dernier client, j'ai faussé compagnie à Kamel et me suis fait conduire en taxi jusqu'à l'étable. Persuadé que je m'étais enfuie, Sammy est arrivé en fin de matinée pour parler à Sali et a été sidéré de me trouver endormie avec les autres filles. Il est devenu comme fou et a failli me noyer en me plongeant la tête dans la baignoire pleine pour me faire jurer de ne jamais recommencer.

Dès le lendemain, je suis rentrée dormir avec les autres filles. Et les jours suivants, malgré les menaces et les coups.

Comme Sali détestait Sammy et que Sammy redoutait Sali, j'ai demandé à l'Albanais d'intervenir pour que je puisse dormir tous les jours à l'étable. Ainsi, même si je passais du temps chez lui, même s'il m'y prenait quotidiennement, Sammy était obligé de me faire raccompagner par Kamel et il en était malade de rage.

Parfois, je disparaissais quelques heures seulement pour qu'il me cherche. J'attendais dans un café que le gros Kamel me retrouve avec son regard affolé de chien fidèle.

J'aurais pu, sans doute, m'enfuir pour de bon, mais je n'en ai même pas eu l'idée. Pour aller où ? Pour faire quoi ? Je n'avais personne en France, pas d'argent, pas de papiers... Je préférais faire enrager Sammy qui n'arrivait pas à admettre que je refuse sa « belle vie ». Comment aurait-il pu comprendre que la souffrance, parce qu'elle seule me semblait réelle depuis mon enlèvement, était tout ce qui me maintenait en vie ?

À l'étable, j'avais trouvé un refuge dans le grenier dont j'aimais l'odeur de poussière et l'obscurité paisible. Seul un puits de lumière tombait par une tuile cassée. Je m'allongeais au sol et je regardais le ciel. J'adorais quand un avion traversait cette lucarne, énorme, pointant vers le soleil. Je m'imaginais ses passagers, ces gens libres de voler dans les airs. Ces gens d'un monde qui n'était plus le mien.

Dans le grenier, je pleurais souvent, sans bruit, doucement, et c'était bon de laisser ainsi sortir mon désespoir. Bon de l'admettre.

J'étais la seule à posséder un téléphone portable, et un jour, j'ai osé composer le numéro interdit que nous connaissions toutes par cœur.

J'ai tout de suite aimé la voix un peu rauque de celle qui m'a répondu. Et la sonorité de son prénom quand elle s'est présentée : Biancaluna.

Sans que je la rencontre, elle est devenue mon amie. La seule depuis tant de mois. Elle disait peu de mots car elle savait que j'avais besoin de parler. Surtout, elle ne m'a jamais posé de questions. Elle prenait le temps de me laisser dire les choses à mon rythme et me permettait aussi parfois de me taire. Je me souviens de coups de téléphone très silencieux durant lesquels je me sentais si nouée que pas un mot ne sortait. Pourtant, c'était doux de savoir Biancaluna à l'autre bout du fil, d'entendre sa respiration, de sentir sa présence. Elle a toujours été là pour moi et me prenait comme j'étais, muette, bavarde, en larmes ou en colère. Elle n'a jamais essayé de me convaincre que tout allait bien quand j'étais désespérée.

Elle ne le sait pas, mais plusieurs fois, elle m'a sauvé la vie. Nos conversations étaient devenues si indispensables à mon existence que je m'étais inventé un jeu idiot. Avant de composer le numéro de son portable, parfois, je me jurais que si je tombais sur son répondeur, je me donnerais la mort le jour même. Et je l'aurais fait. C'était une manière de me forcer à penser au suicide que je savais être la solution à mon malheur sans oser m'y résoudre. J'aurais plongé dans la Garonne, je me serais ouvert les veines dans la baignoire ronde de Sammy, jetée du dernier étage d'un hôtel... Les possibilités étaient nombreuses, et pas tellement plus effrayantes que de continuer à vivre et à me faire baiser par des inconnus chaque jour.

Biancaluna a toujours décroché, et j'ai renoncé à mourir. Peut-être plus pour elle que pour moi-même. Aussi parce que j'aimais lui raconter mon passé, ma vie d'avant, Baba Katia, maman, les cocottes en papier, la neige par la fenêtre de la cuisine... Dans nos minutes hebdomadaires de conversation, Oksana reprenait un peu vie ; en tout cas, j'arrivais presque à me convaincre qu'elle avait un jour existé.

Le temps passait, et mes rapports avec Sammy étaient de plus en plus pervers. J'étais véritablement parvenue à le rendre fou d'exaspération. Il ne comprenait pas du tout mon comportement et me disait souvent que j'étais encore plus « tordue » que lui. Ayant renoncé à me donner du plaisir, il s'était essayé à la douleur. Il me pinçait violemment les tétons, me tirait les cheveux et me fessait... Un jour, il a fait couler la cire brûlante d'une bougie sur mon sexe.

Il n'a obtenu aucune réaction de plus.

Jusqu'à ce qu'il m'annonce qu'il allait me faire un bébé.

— En cloque, au moins, tu sentiras quelque chose ! m'a-t-il lancé en enlevant le préservatif qu'il venait d'enfiler.

Cette fois, j'ai paniqué. Et j'ai perçu dans ses yeux une lueur de triomphe quand il a vu que je me débattais. Il m'a prise et a joui très vite. Instinctivement, j'ai su à l'instant même que j'allais être enceinte et lui ai juré de le tuer de mes propres mains.

Dès lors, il n'a plus jamais utilisé de préservatif, mais je sais que ma grossesse date de cette première fois.

J'ai vraiment failli me tuer quand j'ai compris que j'étais bien enceinte. J'avais honte, je me sentais encore plus sale que lors des pires moments passés. Je n'en ai même pas parlé à Biancaluna.

À chaque vomissement, j'espérais rejeter le monstre que Sammy avait mis en moi. J'ai commencé à boire et j'ai doublé ma ration quotidienne de cigarettes dans l'espoir de tuer cet enfant. Je rêvais chaque nuit qu'un flot de sang noir coulait entre mes jambes.

Depuis le début, Sali se méfiait de moi. Plusieurs fois, je l'avais surpris disant à Sammy que je leur attirerais des ennuis ou que j'étais incontrôlable. Quand il est entré brusquement dans le grenier alors que j'étais en train de parler à Biancaluna, j'ai cru qu'il allait me tuer sur place.

Le soir même, Sammy m'a tenu un discours étrange :

— Tu avais tout pour toi... Mais c'est Sali qui avait raison, tu étais bonne pour l'antiquaire depuis le début... En plus, il me laisse un message par jour, en ce moment ! Ça fait trop longtemps qu'il n'a pas eu sa poupée russe...

« L'antiquaire » était un mot que j'avais déjà entendu plusieurs fois depuis que j'étais à Toulouse. Il sortait de temps en temps sous la forme d'une menace, comme on dirait à un enfant d'être sage, sans quoi on le donnerait à manger à la sorcière ou au loup... Aucune des filles ne savait vraiment ce que Sali et sa bande voulaient dire par là, mais toutes redoutaient cet antiquaire. On disait même que certaines filles qui l'avaient eu comme client avaient disparu pour toujours.

Mais tant de rumeurs délirantes circulaient entre les prostituées...

Deux nuits plus tard, Sammy m'a conduite lui-même jusqu'à la grille d'une propriété en pleine campagne.

— C'est un client spécial, Nina. Il paye très, très cher, alors, tu fais tout ce qu'il te dit.... La maison est au bout du chemin bordé d'arbres.

Je suis sortie de la voiture pour me diriger vers la haute grille en fer forgé et j'ai entendu la voix de Sammy derrière moi :

— Nina, attends !

Je me suis retournée et j'ai vu qu'il avait entrouvert sa portière. Il m'a regardée intensément, a ouvert la bouche pour parler, mais n'a finalement émis qu'un long soupir avant de démarrer en trombe.

Seule dans la nuit glacée qui venait de se refermer sur moi une fois les phares de la voiture disparus, j'ai sonné à l'interphone.

— Oui ? a répondu une voix d'homme aimable.

— C'est Nina.

La grille s'est ouverte automatiquement.

36

BIEN qu'il en fasse dix de moins, à y regarder de près, l'antiquaire devait avoir dans les soixante-dix ans. Il était grand et mince, les épaules larges et la taille fine serrée par la ceinture d'un peignoir en éponge. Ses cheveux étaient trop bruns pour ne pas être teints. Il sentait l'eau de Cologne et la mousse à raser.

— Bienvenue, Nina, m'a-t-il dit en me baisant la main. Entrez, je vous en prie...

Il s'est arrangé pour que son peignoir se dénoue et j'ai pu voir qu'il était épilé sur tout le corps, du torse aux jambes en passant par les bras et le sexe.

Il s'est aussitôt rhabillé avec une moue faussement gênée.

— Il est trop tard pour le thé. Puis-je vous offrir un cognac ?

J'ai fait oui de la tête et il m'a souri.

— Alors, passons au boudoir...

Il m'a guidée à travers un vestibule surchargé de meubles anciens et de tableaux jusqu'à une porte dissimulée par un lourd rideau de couleur bordeaux. Nous avons descendu quelques marches pour atteindre une cave voûtée assez haute pour que l'on y tienne debout.

Au fond d'une première salle se trouvait une porte qu'il a déverrouillée à l'aide d'une grosse clé.

— Je vous en prie, m'a-t-il dit en m'invitant à rentrer la première.

La gorge soudain nouée, je suis entrée dans une salle obscure qui s'est aussitôt illuminée.

C'était une nouvelle cave voûtée plus vaste que la première. Son sol était carrelé de tomettes et ses murs peints en blanc ornés par endroits de draperies chaleureuses. Des dizaines de poupées de collection s'y trouvaient, certaines assises sur des fauteuils, d'autres seulement posées sur des étagères, sur une commode, quelques-unes debout, appuyées sur des accessoires miniatures comme un vélo ou une poussette de bébé. Elles étaient toutes habillées avec soin, leurs robes et corsages impeccablement propres et repassés. Les traits de leurs visages étaient si réalistes qu'on aurait dit ceux d'adultes. J'ai mis quelques secondes avant de comprendre ce qui me mettait mal à l'aise dans cette collection : les poupées étaient toutes blondes.

Toutes sauf une, à qui il manquait la tête. Elle était de la taille d'une enfant de trois ans et trônait sur une petite stèle au centre de la pièce, sans vêtements, son corps très abîmé par le temps et sans doute les jeux de plusieurs générations d'enfants : de longues rayures et des traces sombres ressemblant à des brûlures. Ses jambes étaient écartées et ses bras tendus vers le haut. Sur son ventre était visible la découpe d'une trappe dans laquelle devait se trouver un mécanisme capable de lire un disque. Ce jouet de collection devait être l'ancêtre des poupées parlantes modernes.

— Elles vous plaisent, Nina ? m'a demandé l'antiquaire.

Voyant que je ne répondais pas, il a poursuivi :

— J'ai beaucoup joué à la poupée avec maman,

quand j'étais enfant. Je détestais ça, mais depuis, j'ai appris à aimer...

Mon regard est alors tombé sur deux cadres au mur dans lesquels se trouvaient des photos sépia. La première représentait la collection de poupées au complet, parmi laquelle se trouvait un enfant d'à peu près cinq ans, coiffé avec des anglaises et vêtu d'une robe de couleur claire. Sur la deuxième, l'enfant, en qui j'ai soudain eu la certitude de reconnaître l'antiquaire, était assis à côté d'une poupée habillée et coiffée comme lui, dont le visage, avec ses pommettes hautes et ses longs cils retombant, était à l'évidence une caricature d'enfant slave.

— C'est Natacha, la préférée de maman, m'a déclaré l'antiquaire en me voyant regarder la photo. Elle a beaucoup vieilli, a-t-il ajouté en dirigeant ensuite son regard sur la poupée sans tête. Il faut dire que j'ai beaucoup joué avec... Mais elle marche encore !

Il a actionné un mécanisme dans le dos de la poupée et un souffle s'est fait entendre, crachotant comme le début d'un vieux disque vinyle. Puis une voix a répété en boucle une phrase qui m'a fait froid dans le dos :

— Je t'aime, maman... Je t'aime, maman... Je t'aime, maman...

La voix n'avait rien de mécanique. Elle était celle, sans doute gravée sur un disque, d'un véritable enfant. On y percevait un pénible mélange de peur et de tristesse. J'ai été convaincue à la seconde même qu'elle était celle de l'antiquaire.

Ce dernier s'était approché d'un buffet d'où il a sorti une carafe de cognac.

— Le meilleur que vous ne boirez jamais, Nina. Hors d'âge, hors de prix... Après les poupées, le cognac était la deuxième passion de maman. Elle abusait des deux...

Nous avons bu en silence, puis l'antiquaire a sorti un album en cuir du buffet.

— Si vous le voulez bien, maintenant, j'aimerais garder un petit souvenir de votre venue...

Il a ouvert l'album qui contenait, chacune dans un sachet, des dizaines de mèches blondes sous lesquelles étaient inscrits autant de prénoms féminins.

L'antiquaire a tourné doucement les pages et s'est arrêté à celle de *Natacha.*

— Vous avez quasiment la même couleur de cheveux, Nina. C'est presque parfait !

Il a continué plus loin dans l'album, est arrivé à une série de mèches de cheveux si réalistes qu'on aurait dit des vraies sous lesquelles étaient écrits des prénoms slaves, puis il est enfin arrivé à une page en bas de laquelle était lisible *Nina.*

— J'ai un peu préparé votre venue, Nina. Vous permettez ?

Il a pris en main une lourde paire de ciseaux en argent et s'est approché de moi. Je n'ai pas fait un geste, et lentement, il m'a coupé une mèche de cheveux. Sa respiration était bruyante comme celle d'un asthmatique et je pouvais voir des perles de sueur sur son front.

Il a disposé ma mèche dans l'album qu'il a rangé avec soin.

— Merci, Nina. Vos cheveux sont très beaux. Auriez-vous la gentillesse de vous dévêtir, maintenant ?

J'ai obéi, toujours sans un mot, en bonne professionnelle que j'étais.

— Ravissante. Vous êtes vraiment délicieuse, Nina.

Il s'est rendu à l'autre bout de la pièce où se trouvait une commode sur laquelle étaient posés un broc et une bassine de porcelaine ainsi qu'un rasoir et un bol.

— Approchez, Nina. Ne craignez rien, je suis très habile de mes mains...

Il m'a installée, nue, sur un tabouret, s'est agenouillé devant moi avec son matériel et a entrepris avec beaucoup de soin d'étaler de la crème à raser sur mon sexe.

Son peignoir était entrouvert, et comme il n'avait aucune trace d'érection, je me suis fait la réflexion que, cette fois, l'argent de Sammy se gagnerait sans trop de peine.

Il n'a pas fallu longtemps pour que je comprenne combien j'étais dans l'erreur.

Cinq minutes plus tard, debout devant un miroir, j'ai eu un choc en constatant combien mon sexe rasé ressemblait maintenant à celui d'une poupée.

Soudain, l'antiquaire a tiré un grand rideau et ce qu'il a révélé m'a coupé le souffle : dans un prolongement de la pièce était pendue au plafond une sorte de balançoire effrayante, en chaînes et en cuir. Il y avait aussi un guéridon sur lequel se trouvaient une boîte et un long couteau.

J'ai tenté de fuir, mais, malgré son âge, l'antiquaire était d'une force étonnante. Il m'a frappée puis m'a immobilisée avec les gestes sûrs d'un adepte des arts martiaux.

Sans que je puisse rien y faire, je me suis retrouvée prisonnière de la « balançoire », jambes écartées et bras levés : le parfait reflet de la poupée sans tête qui me faisait face.

De la boîte posée à côté du couteau sur le guéridon, l'antiquaire a sorti un long cigare qu'il a allumé avec lenteur. Puis il a bu un nouveau verre de cognac et m'a souri.

— Vous êtes parfaite, Nina. Maman vous aurait adorée...

De la suite, rien n'est racontable.

L'antiquaire, deux jours et deux nuits durant, s'est appliqué à faire de mon corps la réplique exacte de celui de Natacha. À la coupure près, au nombre exact de brûlures de cigare. Cette fois, je n'ai pas su sortir de mon corps et j'ai perdu la tête tellement j'ai souffert.

L'antiquaire m'a détachée la deuxième nuit tant j'étais sans force. J'ai compris avec soulagement qu'il allait me tuer quand il a actionné le mécanisme de la poupée qui s'est mise à répéter sa phrase sortie du passé :

— Je t'aime, maman... Je t'aime, maman...

J'ai pensé à Sammy et Sali qui profitaient de ce client particulier pour se débarrasser des filles gênantes. J'ai pensé à celles qui avaient dû me précéder et dont j'avais certainement vu les mèches de cheveux dans l'album. Puis, au moment où l'antiquaire commençait à me serrer le cou comme s'il voulait m'arracher la tête, j'ai pensé à Ivano-Frankivsk et aux miens.

L'air m'a vite manqué.

L'antiquaire, entièrement nu, pressait mon cou avec une force qui grandissait régulièrement. J'ai alors perdu conscience et fait un rapide aller-retour dans la mort. C'est ce qui m'a sauvée.

Quand j'ai rouvert les yeux, je ne savais plus ni qui j'étais ni où j'étais. Mon cerveau, sans air, avait fait le ménage de tout mon passé, y compris des heures de tortures insoutenables que je venais de subir. Ces heures qui, quelques secondes plus tôt encore, m'interdisaient la moindre réaction.

J'ai frappé l'antiquaire à l'entrejambe de toutes mes forces, puis à la face. Je crois lui avoir brisé le guéridon sur la tête. Je n'en suis pas sûre. Tout est flou. Je sais seulement que j'ai récupéré la robe dans la poche de laquelle se trouvait mon téléphone portable. J'ai monté des marches tout en m'habillant. Je me souviens ensuite du froid saisissant, de mes pieds nus qui me faisaient mal alors que je courais dans la nuit et des branches qui me giflaient le visage.

Puis une grande lumière et un bruit de freins tout proche.

IV

Lucia

37

« L'INHUMAINE nuit des nuits... »
Encore Éluard qui trottait dans ma tête.

L'aube pointait à peine quand Oksana s'est tue. J'étais anesthésié au monde, au-delà de la tristesse, de la colère, du dégoût. Au-delà de moi-même.

Sammy, toujours ligoté, avait fini par retrouver ses esprits. Oksana n'avait pas fait attention à lui, poursuivant son récit les yeux fixés sur un nœud dans le bois de la table de cuisine. Elle avait parlé d'une voix atone, sans aucune émotion apparente, presque mécaniquement, comme on lirait un livre à contre-cœur. Sammy, ce fils de pute, avait écouté sans un mot, sans un mouvement, son visage maculé de sang coagulé.

Engourdi, je me suis levé de ma chaise pour aller à la salle de bain. Marcher, respirer, faire couler de l'eau dans le lavabo... Autant de gestes qui me paraissaient incongrus après ce que je venais d'entendre. Comment reprendre le cours normal de la vie ?

Mon poignet était enflé, mais certainement pas brisé. Mon nez l'était, en revanche, et épouvantablement douloureux. J'ai essayé de me débarbouiller un peu en poussant des gémissements. Je n'étais que courbatures. J'avais l'impression d'avoir passé la nuit dans une bétonneuse en marche. J'ai cru alors percevoir des voix. En arrêtant l'eau, j'ai reconnu Oksana puis Sammy. Je suis revenu aussitôt à la cuisine pour entendre ce dernier déclarer :

— Il s'appelle Hugues Vialard. C'est un antiquaire. Si tu veux, je le tuerai pour toi.

— Je n'ai besoin de personne...

Puis j'ai vu Oksana se baisser pour ramasser le revolver qui avait glissé vers la cuisinière. J'ai fait un pas vers elle, mais me suis immobilisé en la voyant mettre Sammy en joue, l'arme tenue à deux mains, bras tendus.

Elle ne portait qu'un long tee-shirt et la rondeur de son ventre commençait à peine à se deviner. Elle était magnifique.

— Nina ! a dit Sammy d'une voix nerveuse. Pose ça, Nina. J'ai tué Ardi en venant. Je t'ai sauvé la vie !

— Quelle vie ? a répliqué Oksana.

— Ne fais pas ça !

Cette fois, c'était moi qui étais intervenu. Elle a tourné son regard de glace vers moi.

— On va appeler la police, Oksana. Je t'en prie, ne fais pas ça. Ce serait...

Je me suis tu en voyant les yeux d'Oksana se teinter de regret, puis se diriger de nouveau vers Sammy.

Elle allait le faire. La femme de ma vie était sur le point d'exécuter un homme dans la cuisine de ma maison d'enfance. Même s'il méritait de mourir dix fois, c'était insupportable.

— Oksana, NON !

Mais elle ne m'entendait plus.

Sammy s'agitait sur sa chaise.

— Nina, tu peux pas faire ça ! Nina... je...

Il a gonflé sa poitrine pour essayer de desserrer ses liens, m'a lancé un regard implorant, a serré les poings en râlant pour faire pression sur la corde qui lui blanchissait la peau, puis a brusquement capitulé, comme à bout de forces.

Enfin, il a déclaré, un sanglot pathétique dans la voix :

— Nina... Je t'aime !

J'ai à peine eu le temps de fermer les yeux. La détonation a empli la cuisine, assourdissante, déchirante.

38

Le volume de la radio était si fort qu'il couvrait le bruit du moteur.

Oksana s'efforçait de ne penser à rien. Les yeux braqués sur la route, elle ne voyait que les pointillés blancs du bitume défiler sur les côtés en une ligne presque continue, remarquait à peine les voitures qu'elle doublait en un clin d'œil et négligeait la beauté de l'aube rosée qui s'étirait dans le ciel.

La musique cessa et le DJ prit la parole :

— Météo France annonce du soleil et du froid. Une belle journée d'hiver sur Toulouse FM. Une belle journée qu'on démarre avec U2 et son *Beautiful Day*, justement...

La jeune femme monta encore le son et écrasa la pédale d'accélérateur.

Malgré le blouson qu'elle avait emprunté à Luc, le froid était piquant. L'Ukrainienne le savourait à grandes goulées, se concentrant sur le nuage de buée qu'exhalait sa bouche à chaque expiration.

À la Poste, elle se dirigea directement vers les bottins et trouva rapidement Hugues Vialard sous la rubrique « Antiquaires » dont elle arracha la page jaune.

Le rideau de fer de la boutique était encore tiré. Oksana se posta à l'ombre du porche voisin.

Elle resta ainsi sans bouger pendant une heure et demie.

L'odeur du cigare lui parvint en premier. Ce fut un choc qui déclencha en elle un déferlement d'adrénaline. Puis la silhouette de l'antiquaire passa rapidement à quelques centimètres. Une sueur glacée se forma aussitôt sur son front et dans son dos.

Oksana ferma les yeux et se força à rester immobile quelques instants, ne voulant plus entendre que les battements rapides de son cœur. Quand elle estima qu'assez de temps était passé, elle serra les dents, rouvrit les yeux, emplit ses poumons d'air, puis expira lentement à fond comme pour se préparer à une plongée en apnée. Elle inspira une dernière fois, revint à la lumière et s'engouffra dans la boutique.

En la reconnaissant, l'antiquaire devint livide et laissa tomber son cigare.

— Et ça n'a vraiment rien donné ?

— Qu'est-ce que tu veux faire ? répondit sèchement Alexandra à Guy. Certains ont nié, d'autres pas. De toute façon, ils n'avaient jamais de contacts directs avec Lemarchand. Malfilâtre les mettait en relation téléphonique, et ensuite, ils appelaient directement le portable des filles. Les rencontres se faisaient à domicile ou dans des hôtels.

— C'est qui celui qu'on va voir, là ?

— Hugues Vialard, antiquaire. Je te l'ai déjà dit deux fois.

— OK, pardon... T'es d'une humeur de chien ce matin !

— Excuse-moi... La boutique est juste au coin. Notre seul espoir, c'est que visiblement il a essayé d'appeler Lemarchand un paquet de fois ces derniers temps. C'est un assidu, on dirait...

Ils furent interrompus par une jeune femme blonde à la beauté remarquable qui les bouscula, s'excusa distraitement avec un fort accent étranger et s'enfuit à pas rapides comme si elle avait eu un fantôme à ses trousses.

— Pas de nouvelles de Kamel ? reprit le lieutenant Cassagne.

— Que dalle ! Envolé.

— Putain ! J'ai l'impression qu'on est tout proches, et en même temps, c'est comme si on n'avait rien du tout !

— Bono, on n'est même pas sûrs que ces corps soient liés aux réseaux de prostitution de l'Est !

— Qu'est-ce que tu veux que je te dise, Alex ? On fait avec ce qu'on a !

— Je ne suis pas certaine que les infos de cette Bian...

— De cette quoi ? l'interrompit Guy d'un air mauvais.

— Non, rien. Laisse tomber. On y est.

Alexandra indiqua du doigt une boutique dont la porte d'entrée était grande ouverte.

L'odeur sauta immédiatement aux narines de Guy. Un mélange chaud et écœurant de poudre, de sang frais et de fumée de cigare.

Hugues Vialard était vautré dans un fauteuil Louis-XV.

La première réflexion qui vint au lieutenant Cassagne en le voyant fut que celui qui l'avait exécuté avait su faire durer le plaisir : les deux genoux explosés chacun d'une balle et le visage déchiqueté à bout portant. Le coup mortel à la face ayant évidemment été donné en dernier.

39

OKSANA erra tout le jour.
Loin d'être soulagée, elle subissait le contrecoup de ce qu'elle venait de faire. Sammy, l'antiquaire... Qui ensuite ? Sali ? Nicole ? Marko
Stankelic ? Pavel et tous ceux qui avaient volé sa vie ?
Artioucha, son propre frère, qui savait tout depuis le
début ? La liste était trop longue, de tous ses bourreaux, pour qu'une quelconque vengeance eût un
sens. Elle pensa alors à Luc, à sa douceur, à sa simpli-
cité, puis à son regard horrifié quand la cervelle de
Sammy avait giclé hors de sa boîte crânienne. Les
paroles de sa grand-mère dans la cuisine d'Ivano-Frankivsk lui revinrent à l'esprit, et elle se fit la réflexion
que si la vie n'avait pas été une si mauvaise blague,
Luc aurait été parfait dans le rôle du gentil mari
étranger du rêve de Baba Katia.

Toulouse s'agitait autour d'elle, mais Oksana se sentait dans une autre dimension. Elle était hors jeu.
Hors vie. Elle croisait des familles, des couples, des
gens pressés, des promeneurs, et se demandait
comment ils parvenaient à vivre. Le soleil, le ciel bleu,
le vent, le temps qui passe, tout cela n'était plus pour
elle. Marcher, même, n'avait aucun sens, et le bruit

de ses pas lui était étranger. Qui elle était lui était insupportable, et cet enfant dans son ventre...

Elle vit la nuit tomber avec soulagement.

À 23 heures, elle se décida enfin à monter dans le bus du Refuge. Trois femmes se trouvaient à l'intérieur.

Sans l'avoir jamais vue, elle reconnut immédiatement Biancaluna.

Sans l'avoir jamais vue, Biancaluna reconnut immédiatement Nina en cette jeune femme aux yeux égarés qui s'avançait vers elle.

— Nina ?

Oksana sentit ses dernières forces la quitter et ses jambes se dérober sous elle. Elle tomba évanouie et se réveilla dans un lit. Elle se redressa d'un coup, affolée, mais s'apaisa en croisant le regard gris de l'Italienne.

— Tu es chez moi. Tout va bien, Nina. Tu as juste eu un petit malaise. Rallonge-toi un peu...

Oksana obéit, mais sursauta de nouveau en entendant deux signaux sonores brefs et stridents.

— Tout doux, lui murmura Biancaluna. C'est mon portable. Calme-toi.

Biancaluna sortit le téléphone de la poche de son jean et lut le texto qu'elle venait de recevoir :

BLOQUÉ AU BOULOT. PARDON AMOUR.

VAIS PASSER UNE NUIT BLANCHE.

JE T'AIME. GUY

Oksana s'était rendormie. Biancaluna soupira doucement. Guy lui manquait cruellement bien qu'ils ne se fussent quittés qu'au milieu de la nuit précédente. Elle se reprocha de ne pas encore avoir eu le courage de lui dire qu'elle l'aimait, alors que lui, déjà, la couvrait de mots d'amour. Mais elle avait peur de la force de ce qu'elle ressentait. Elle savait déjà sans vouloir vraiment se l'avouer qu'elle ne pouvait plus vivre sans lui. Pourquoi la vie ne pouvait-elle jamais être simple et douce ? Pourquoi avait-il fallu qu'elle tombe éperdument amoureuse d'un homme affectueux, juste et honnête, amant passionné, marié et bon père de famille ?

Pour chasser le désespoir qu'elle sentait poindre, elle se força à penser à l'Ukrainienne, à l'effroi qu'elle avait lu dans son regard, à l'arme qu'elle avait trouvée dans son blouson.

La jeune femme se réveilla vers 5 heures du matin. Biancaluna n'avait pas dormi.

— Bonjour, Nina ! dit cette dernière en souriant.

— Je m'appelle Oksana.

— Alors, bonjour, Oksana. Tu as faim ?

— Oui. Très. J'ai aussi très envie de fumer...

Autour d'un café brûlant, de tartines et d'un paquet de blondes light, les deux femmes parlèrent peu mais se détendirent progressivement.

Quand le jour se leva, Oksana dit enfin :

— J'ai besoin de toi, Biancaluna. Je suis enceinte.

— J'ai vu, oui...

— Je voudrais... enfin tu comprends.

— Combien de semaines ?

— Je sais pas trop. Quatre mois, peut-être.

— Tu sais qui est le père ?

Oksana riva son regard à celui de Biancaluna.

— Oui. Je l'ai tué hier.

Le commissaire Torres avait décidé de se la jouer « Tempête du désert ». Il avait convoqué la presse dans la salle de réunion de l'hôtel de police et monta d'un air affairé sur l'estrade. Les journalistes avaient pris place sur des chaises de plastique bleu et sortaient leurs calepins sans enthousiasme.

— Mesdames, messieurs, avant tout, merci d'avoir répondu présent à mon invitation. Celui que vous avez baptisé le « tueur des chantiers » a été identifié. Il est mort.

Un brouhaha monta aussitôt dans la salle et des doigts se levèrent parmi les journalistes.

— Je répondrai à vos questions plus tard, si vous le voulez bien. Cet homme s'appelait Hugues Vialard et il était antiquaire à Toulouse. Il a été retrouvé assassiné hier dans sa boutique.

Le commissaire leva la main pour empêcher les journalistes de l'interrompre. Certains avaient déjà leur téléphone portable à l'oreille et demandaient à leur rédaction de réserver la une ou de prévoir un flash spécial.

— Une perquisition de sa résidence secondaire, à la périphérie de Toulouse, a permis de mettre au jour une véritable salle de torture dans laquelle l'individu se livrait à des actes de barbarie sur des prostituées. De jeunes clandestines venues des pays de l'Est qu'il finissait par tuer.

— Comment êtes-vous sûr qu'il s'agit bien des corps retrouvés sur les chantiers ? demanda tout de même une journaliste de *La Dépêche du Midi*.

— Nous avons retrouvé chez l'individu une collection de mèches de cheveux blonds. L'analyse ADN a prouvé de façon irréfutable que certains de ces cheveux appartenaient aux victimes dont les corps mutilés ont été retrouvés ces derniers mois.

— C'est lui qui les mutilait ?

— L'enquête est encore en cours. Il est peu probable qu'il se soit débarrassé lui-même des corps.

— Et le cadavre des Pradettes ?

— Justement. Le lien entre ce meurtre et Vialard a

246

été démontré. Ce qui prouve qu'il a changé de méthode avec le temps, ou plutôt de fossoyeurs. Le lieutenant Cassagne et l'agent Legardinier, qui sont en charge de l'affaire, pensent qu'il était en contact depuis à peu près quatre ans avec un réseau qui lui fournissait les filles puis le débarrassait des corps en les mutilant pour empêcher leur identification. Nous sommes en train de remonter progressivement jusqu'à la tête de ce réseau qui est d'ailleurs en train de s'effondrer sur lui-même. Deux de ses membres ont été retrouvés morts hier matin. L'un d'eux était bien connu de nos services : Kamel Benazza, homme de main de Samuel Lemarchand, proxénète et dealer que nous soupçonnons d'avoir tué Paul Malfilâtre et qui pourrait bien avoir également exécuté Hugues Vialard.

— Savez-vous où se trouve ce... Lemarchand ?

— Tous nos efforts sont maintenant concentrés sur la recherche de cet individu.

Oksana avait fini par confier son histoire à Biancaluna, sa vie à Toulouse jusqu'à sa rencontre avec Luc et la mort de Sammy. En revanche, elle n'avait rien dit de sa visite chez l'antiquaire, et elle était tout de suite revenue à sa grossesse et à son désir d'avorter au plus vite.

— Tu sais, Oksana, j'ai fait deux fausses couches accidentelles quand j'étais dans la rue, et j'ai avorté trois fois volontairement. Une fois seule dans mon coin, deux fois à l'hôpital. Maintenant, j'ai quarante-cinq ans, je ne peux plus avoir d'enfant, et chaque jour, je lutte pour trouver un sens à ma vie.

— Mais c'était qui, les pères ?

— Des clients, des macs... Des salauds.

— Alors tu n'as rien à regretter ! Tu as fait ce qu'il fallait faire, ces...

— Je n'en suis pas si sûre. Un enfant, c'est un enfant ! Et c'est toujours mieux pour te tirer du lit le matin qu'une collection de souvenirs dégueulasses.

— Non. Un enfant, ça doit être désiré. Si on te l'a fait de force, ce n'est pas ton enfant.

— Lui, il n'y est pour rien.

— Attends ! Celui qui m'a mise enceinte était une ordure, et je ne regrette pas de l'avoir tué de mes propres mains ! Ce que je porte dans mon ventre n'est pas mon enfant. C'est un déchet. Le reste d'un viol. Ça me dégoûte.

— C'est comme ça que tu veux le voir, c'est tout !

— Mais merde ! Imagine que je mette au monde un enfant qui ressemble à Sammy ! Ça serait insupportable ! Je ne pourrais jamais l'aimer ! Ce que je porte dans mon ventre est un cauchemar, Biancaluna. Un cauchemar...

— C'est aussi de la vie. De l'avenir.

— Non. C'est mon passé. Je veux m'en débarrasser.

— Supprimer cet enfant n'est peut-être pas le meilleur moyen de te débarrasser du passé, Oksana. J'en ai vu, des filles, moi la première, réagir comme ça. Aucune ne s'est vraiment débarrassée de son passé en le niant ou en le fuyant.

— Je ne comprends pas ce que tu veux dire.

— Je viens d'une petite ville de montagne, en Italie, qui s'appelle Cuneo. C'est le seul endroit au monde où j'aie été heureuse. J'en rêve une nuit sur deux, mais je n'ai jamais osé y retourner à cause de mon passé. Par honte, par peur. Par peur de retrouver la vraie vie.

— Où est le rapport ?

— Refuser l'avenir, c'est un peu capituler, je pense. Tu sais, la meilleure vengeance, c'est la vie. C'est vivre, être heureuse même si ça demande un effort, aimer un enfant malgré tout. Donner la vie plutôt que la mort...

Biancaluna marqua une pause, elle-même ébranlée par le sens qu'elle trouvait à ses paroles au moment où elle les prononçait.

— Si ton enfant est heureux, poursuivit-elle comme l'on pense tout haut, alors là, ton passé est effacé. Là, tu as gagné.

On frappa à la porte, de cette façon que Biancaluna reconnaissait entre toutes.

Dès qu'elle ouvrit, le cœur battant, Guy la serra dans ses bras et l'embrassa passionnément.

— Pardon, mon amour. Ça a été la folie, tu sais ! Le tueur a été retrouvé mort. Ce salaud torturait et tuait des filles de l'Est. Il s'est fait assassiner hier matin.

Biancaluna ne put réprimer un mouvement de tête réflexe vers la cuisine où se trouvait Oksana. Les deux femmes croisèrent leurs regards, et Biancaluna entendit immédiatement tout ce que l'Ukrainienne avait tu.

Guy reconnut aussitôt la jeune femme comme étant la blonde qui les avait bousculés, Alex et lui, le matin même, à quelques pas de la boutique de l'antiquaire. Il comprit au même instant qui elle était et ce qu'elle avait fait.

— Je te présente Oksana, Guy, dit aussitôt Biancaluna d'une voix mal assurée. Une amie qui est avec moi depuis hier matin.

— Hier matin ? répéta le lieutenant, incrédule.

— Oui. Elle est arrivée dans la nuit, juste après ton départ, en fait, et on ne s'est pas quittées depuis.

Guy regarda intensément Biancaluna dans les yeux.

— Je suis prête à le jurer devant un tribunal, ajouta l'Italienne.

Guy prolongea son regard, son défi. Il laissa ainsi à

Biancaluna l'opportunité de changer d'avis, mais elle ne cilla pas.

Le lieutenant finit par baisser les yeux. Il fit demi-tour et se dirigea vers la porte en craignant que le silence qu'il s'apprêtait à garder ne fût la dernière preuve d'amour qu'il puisse donner à Biancaluna. Il se retourna tout de même avant de sortir et s'adressa à Oksana :

— Nina ? Juste un détail... Ce bruit d'avion, quand vous téléphoniez à Biancaluna, c'était quoi ?

Oksana hésita quelques secondes, puis déclara :

— J'étais cachée dans un grenier, et par un trou dans le toit, je voyais le ventre des avions qui montaient dans le ciel...

40

L E lieutenant Cassagne ne trouva ce qu'il cherchait qu'à la nuit tombée.

Une petite zone industrielle à l'abandon, entourée de champs et de bois, à moins de deux kilomètres dans l'alignement des pistes de décollage de l'aéroport de Toulouse-Blagnac.

Dès qu'il vit se profiler ces bâtiments, il eut la conviction qu'il touchait enfin au but. Il rangea sa voiture à l'écart et s'approcha à pied.

Guy avait l'impression de traverser un décor de cinéma. Il passait devant des façades béantes, des clôtures défoncées, des parkings rendus à la nature. Un espace imaginé pour le travail que le développement de l'aéroport avait dû ruiner. Au milieu de ces structures de tôle, de verre et d'acier, se trouvait une vieille bâtisse, longue et basse, qui, jadis, devait avoir été un lieu-dit. Une grosse BMW noire était rangée devant sa porte, le coffre ouvert.

Guy resta à bonne distance et composa le numéro de portable d'Alex. Elle était sur répondeur, et il lui indiqua l'emplacement de sa découverte pour qu'elle le rejoigne au plus vite avec des renforts.

Une silhouette sortit alors du bâtiment. Un homme grand et large qui portait un carton qu'il déposa dans la malle arrière de la BM. Par réflexe, le lieutenant sortit son arme. Il décida de s'approcher prudemment au moment où un vacarme assourdissant lui fit rentrer la tête dans les épaules. Il leva les yeux et vit, tout proche au-dessus de lui, le ventre d'un avion qui s'élevait dans le ciel.

Sali se fit la réflexion qu'il allait être délicieux de ne plus entendre ces putains d'avions.

Le matin même, bien avant d'avoir appris la mort de l'antiquaire, il avait décidé qu'il était temps de changer d'air. Ardi n'avait plus donné signe de vie depuis des heures et le téléphone du gros Kamel était injoignable. Décidément, la série noire continuait. Les corps, Nina, Sam qui devenait incontrôlable... Sali croyait aux signes, au destin, à la chance qui tourne. Il savait ne pas jouer le coup de trop. Sans regret! La bonne fortune l'attendait ailleurs. Les solutions de rechange ne manquaient pas. Tout était prévu et, à l'heure qu'il était, les filles étaient déjà à l'abri, sur un autre circuit.

Il était passé prendre Nicole pour qu'elle l'aide à « faire le ménage » et l'avait égorgée dès qu'ils étaient entrés dans ce qu'ils avaient l'habitude d'appeler « l'étable ». Il ne devait rien laisser derrière lui. Rien, ni personne.

Cette fois, tout ce qui devait être récupéré était dans le coffre de la voiture. Sali prit le bidon d'essence, enjamba le corps de Nicole et commença à asperger le sol et les murs du bâtiment.

Biancaluna n'avait pas parlé autant depuis des années. Elle choisissait ses mots avec soin, s'exprimait lentement pour donner plus de poids à ses arguments, marquait parfois des pauses pour souligner une image. Elle était fatiguée, mais avait conscience de l'enjeu de cette conversation. Elle avait compris depuis longtemps qu'après l'enfant qu'elle portait, ce serait elle-même qu'Oksana voudrait supprimer. Biancaluna savait que ce bébé était tout ce qu'il restait d'espoir de vie chez l'Ukrainienne.

Mais Biancaluna était également en lutte avec elle-même. Tout en forçant Oksana à parler d'avenir, elle pensait douloureusement à Guy et au chantage qu'elle lui avait fait en prenant leur amour en otage.

Il n'avait pas appelé de la journée, et l'Italienne n'en pouvait plus d'attendre. C'était à elle de revenir vers lui. À elle, enfin, d'avoir le courage de lui déclarer son amour.

Elle dit à Oksana qu'elle avait besoin d'une douche et s'enferma dans la salle de bain pour composer un texto :

PARDON GUY. IL FAUT QUE NOUS PARLIONS.
L'HISTOIRE DE CETTE FILLE ME TOUCHE DE TROP PRÈS.
PARDON POUR TOUT À L'HEURE. RAPPELLE-MOI JE T'EN PRIE.
JE T'AIME. JE T'AIME PLUS QUE MA VIE. BIANCALUNA.

Et elle appuya sur *envoi*.

Les allées et venues de l'homme entre le bâtiment et sa voiture avaient cessé quelques minutes plus tôt, et le lieutenant, craignant soudain qu'il ne s'évanouisse dans la nature avant l'arrivée de l'équipe, venait d'entrer dans la bâtisse obscure.

Une odeur entêtante d'essence régnait à l'intérieur. Tout proche, il entendait des pas, un bruit métallique et creux, puis celui d'un liquide que l'on verse.

Sans un bruit, Guy s'avança vers une porte donnant

sur la pièce voisine. Il jeta un regard et vit l'homme, de dos, qui déversait le contenu d'un bidon sur des matelas posés à même le sol.

Sali se croyait seul, et Guy s'approcha de lui, son arme à la main. Soudain, deux signaux sonores emplirent le silence. Avant même qu'il eût compris qu'il avait oublié d'éteindre son portable et qu'il venait de recevoir un texto, Guy reçut le bidon d'essence de plein fouet et lâcha son revolver. Il vit l'homme se ruer sur lui, tomba au sol sous son poids et sentit une lame lui perforer le ventre. Le couteau remonta violemment en lui, et le goût de son propre sang lui emplit la bouche.

Les dernières pensées de Guy Cassagne furent pour Biancaluna et pour Louis à qui, depuis l'au-delà déjà, il hurla son amour.

41

À 9 heures le lendemain matin, Alexandra décrocha le téléphone de son bureau.

Les images de la nuit précédente ne cessaient de passer devant ses yeux : la lueur au loin, les flammes qui dévoraient le toit, le ballet des pompiers, les cendres fumantes, et le corps calciné de Guy. Un nœud au ventre, elle se demanda si elle cesserait un jour, comme elle l'avait fait toute la nuit, de se reprocher d'avoir volontairement tardé à demander les renforts réclamés par son partenaire. Ce nouveau grain de sable, ces trente petites minutes, étaient-ils responsables de la mort du lieutenant Cassagne ?

Elle sursauta en entendant sa voix :

« Bonjour, vous êtes bien chez Louis, Agnès et Guy, nous ne sommes pas là pour le moment, mais vous pouvez laisser un message après le signal sonore. »

— Agnès, c'est Alexandra, je... Il est arrivé quelque chose à Guy, il... Oh mon Dieu, Agnès... Pardon ! Guy est mort cette nuit... en service. Je... Je suis désolée.

Elle raccrocha, en larmes, s'en voulant d'avoir craqué exactement au moment où elle n'en avait pas le droit.

Elle se traita de conne, renifla, se leva pour se servir

un verre d'eau et revint à son bureau d'un pas décidé. Elle composa un nouveau numéro.

Quelqu'un décrocha.

— Biancaluna ?

— Oui...

— Alexandra Legardinier, la partenaire de...

— Oui, je me souviens de vous...

— Biancaluna... Guy est mort cette nuit, en service. Je... je crois qu'il aurait voulu que je vous prévienne.

Il y eut un silence à l'autre bout du fil, et Alexandra raccrocha en se demandant si, cette fois, elle aurait la force de continuer à vivre avec elle-même.

Le cœur de Biancaluna avait instantanément cessé de battre. Pire, il s'était remis en marche aussitôt.

42

MON dernier acte d'amour pour Oksana a été de me débarrasser du corps de Sammy.

Les yeux fermés, j'ai commencé par détacher ses liens, incommodé par une épouvantable odeur de sang et de ce que je devinais être de la poudre. Il est tombé lourdement sur le carrelage, avec un bruit mat et humide qui n'a pas fini de me hanter. Je suis allé chercher une vieille couverture à la cave et j'y ai roulé le corps avec un tel dégoût que j'avais envie de fuir en criant comme un personnage de dessins animés. Puis je l'ai ligoté de nouveau, soulagé de ne plus risquer de poser accidentellement les yeux sur sa face sans visage. J'ai fait l'erreur de le traîner par les pieds jusqu'à la voiture et les chocs de sa tête sur les quatre marches du perron résonnent encore en moi. Je me suis ensuite tassé deux vertèbres en hissant ce paquet inerte dans le coffre de la Golf. Sammy n'était pas grand, mais j'ai dû baisser les sièges arrière pour pouvoir refermer le haillon.

J'ai ensuite entrepris de nettoyer la cuisine. La cuisine qui n'a pas changé depuis ma naissance, cette pièce dans laquelle j'ai passé le plus clair de mon enfance avec maman, où j'ai appris à marcher, où j'ai fait mes devoirs, où j'ai écouté *Le Jeu des mille francs*, regardé *L'Île aux enfants*, *Les Jeux de vingt heures*, *Les Envahisseurs* et *Amicale-*

ment vôtre. Outre le sang sur le carrelage du sol et du mur, il y avait de la chair, des cheveux, des fragments d'os et de cervelle sur le plan de travail. J'ai couru vomir aux toilettes, puis, prenant sur moi, j'ai enfilé des gants de cuisine et sacrifié une serpillière neuve.

J'avais en tête un endroit bien précis, à douze kilomètres de la maison. Une clairière dans les bois où j'aimais aller, adolescent, parce que personne ne m'y dérangeait jamais. En route, une fois la nuit tombée, j'ai mis la radio à fond pour tenter d'oublier la présence d'un mort dans mon coffre. Je suis tombé par hasard sur une station qui ne passe que des vieux tubes français, et j'ai chanté à tue-tête du Françoise Hardy, du Renaud et du Claude François.

Si la clairière de mon adolescence est si paisible, c'est qu'elle est très difficile d'accès. Surtout quand on transporte un mort enroulé dans une couverture. J'ai porté Sammy sur mon dos, je l'ai tiré en marche arrière, traîné en marche avant en m'arrêtant tous les dix pas pour libérer la couverture et la corde des ronces dans lesquelles elles s'accrochaient. J'ai mis une demi-heure pour atteindre l'endroit sur lequel, bêtement, je m'étais fixé. Je suis ensuite reparti à la voiture pour prendre la pelle que j'avais oubliée.

Sous la neige, la terre était gelée. Il m'a fallu plus d'une heure, *Alexandrie Alexandra* me trottant obstinément dans la tête, pour creuser un trou juste assez grand pour y loger le cadavre.

J'ai fait la route de retour en silence, osant à peine respirer.

Une fois à la maison, j'ai pris une douche qui a réveillé toutes mes blessures, et mangé une boîte de pêches au sirop en regardant le journal télévisé. J'y ai appris la mort de l'antiquaire et me suis mis à pleurer comme un gosse.

43

JE n'aime toujours pas la nuit.
Encore moins qu'avant, même, depuis qu'Elle en est sortie tel un papillon attiré par la lumière.

J'ai reçu une carte postale dix mois plus tard. Elle venait d'Italie, d'une ville dont je n'avais jamais entendu parler : Cuneo.

> *Je vais bien. Je vis à la montagne avec une amie. Ma fille est née. Elle s'appelle Lucia. Ici, ça veut dire lumière.*
> *Je ne t'oublierai jamais.*
>
> *Oksana.*

Je ne la verrai plus, et c'est sans doute mieux ainsi. Mais souvent, l'air me manque, comme Elle me manque. Le soleil s'ombre de nuit, et j'attends, comme enfant j'attendais que revienne le jour.

REMERCIEMENTS

À Raymond Clarinard, pour avoir été mon guide entre l'Ukraine et la mer Adriatique.
À Olivier Bernet, qui m'a fait découvrir les jours et les nuits de Toulouse.

À « la lune blanche », ma lumière, envers et contre tout.

« SPÉCIAL SUSPENSE »